Entre l'Ombre et la Lumière

Dragan Miljkovic

Textes, recueils,
Poésies, antipoésies, nouvelles,
Entretiens philosophiques…

Mes pensées pour le présent et l'avenir vont vers ceux
qui compte pour moi, famille et amis.
Une pensée particulière en ce jour pour mon petit-neveu
Novan qui vient de naître le 1er février 2022.

Dépôt légal : février 2022

ISBN :9798413997383

Table des matières

Passerelles vers les cosmos

Les hommes dans leur torpeur
Guettent les cerceaux de l'Univers
Cherchant un signe indicateur
Dans les méandres et trou de ver...

Extrait METANOIA « les métamorphoses livrets 1&2 »
Gilles Potelle

Entre l'Ombre et la Lumière

« Un poète est un monde enfermé dans un homme ».

Victor Hugo

« Quoi que tu rêves d'entreprendre, commence-le.
L'audace a du génie, du pouvoir, de la magie ».

Goethe

« Le juste est celui de tous les hommes qui vit sans trouble et sans désordre. L'injuste au contraire est toujours dans l'agitation ».

Epicure

« La beauté sauvera le monde ».

Dostoïevski

« On se représente d'ordinaire la philosophie comme le pays de l'abstraction et ses habitants, le philosophes », comme des êtres lunaires dépourvus de tout sens pratique, absorbés par leurs spéculations.

Devant un tel tableau, le commun des mortels oscille entre la fascination et la raillerie.

Que m'importe Aristote, disait déjà Sganarelle chez Molière, mon tabac me suffit ! »

« Les philosophes n'ont jamais eu d'autre projet que de penser cette réalité quotidienne dans laquelle nous vivons ».

« On ne trouve pas une œuvre philosophique qui fasse l'économie de cette épreuve du concret ».

Guillaume Pigeard de Gurbert

Au fil de nos caresses

Tu es comme le vent du matin,
Tendre et mélodieuse,
Sur ma peau tes ailes invisibles se brisent en un souffle
Joyeux.
Il fuse dans l'air une comédie gracieuse,
Un murmure, une paix intérieure.
Avec toi les arbres s'éveillent.
Ce matin encore les ruisseaux chantent en caressant les
Pierres.
Je te regarde dans ce doux bruit qui berce le temps,
Et tu t'offres à moi dans la rose des vents,
Magicienne du ciel qui crée des arc-en -ciel.

Conjurer les Maux ...

Des yeux m'ont suivi, et sont partis,
M'abandonnant à mes ivresses de grand maître
J'ai dessiné à la craie de grandes idées
Qui sont restées immobiles sur les murs.
J'ai gouté l'aridité héritée des fiançailles
D'un oracle aveugle et d'un ange fugitif.
Cette seule apparition à suffit
A créer mon nouveau monde.
Mes yeux battent en retraite
Mes lèvres se sont soumises à l'étreinte du silence
Sur mes mots sans voix
Je forge la pierre sans opinion
Et j'abandonne mes idées d'un monde sans plainte.
Mes yeux endurent le trépas des hommes,
Tant que le mal ne meurt pas...

Dans le clair de cette fontaine

La nuit, sur la fontaine vient mourir.
Le clair, une dernière fois étincelle
Le profond de ses eaux.
Une larme sur ma joue roule et vient toucher
Le fond de mes yeux
Au cœur de cette eau cristalline
Où mon visage en pleurs
Révèle ma douleur…
Dans l'iris de mes yeux
Vient mourir une dernière étincelle
Venue se perdre dans le clair de cette fontaine.

Dans les bras de l'enfer

Telle une gigantesque armée de fantômes, ils avaient surgi. Un silence terrifiant, tragique précédait. Une voix vociféra, par un interstice. Au milieu de leurs étreintes mortelles des soldats riaient. Histoire d'amour et de ténèbres.

« Que les armes se taisent ! »

Sous un soleil déjà très chaud, dans une pièce traversée par des courants d'airs, une femme écrivait ces dernières heures.

Quels mots étranges...

Dehors, des brassés de soleil tutoyaient l'horizon court à travers les meurtrières des murs sans fenêtres. Un enfer par contumace qui la faisait douter d'un avenir. Un pied dans la mort, l'autre dans l'espoir.

Dans cet horizon bagué, elle tremblait jusqu'au cœur de son être, dominée par l'ancre de la peur qui déroute jusqu'à l'aurore de chaque nouveau matin. Elle ne pouvait voir que le roux du soleil caresser l'intérieur de son monde, condamnée à ses murs de silence crépusculaires, redoutant le bruit de la fureur des ombres qui faisait claquer le pavé.

Dans son exil, elle ne connaissait plus que le gris des ruines et des bombes. Endormie, il lui restait un alphabet du bonheur, qui lui faisait croire en l'espoir. Oubliant les talus de pierres, les cadavres qu'ils renferment, elle se créait un univers menteur.

Les soldats ne reviendront pas, se disait-elle, cachée dans son île au trésor.

Ensevelie presque par bonheur dans les décombres d'une galerie marchande, seule dans ce dédale, ce petit mirage, elle attendait. Tapie sous les débris, parfois elle entendait le cri d'un autre naufragé. Elle avait froid, elle avait à la fois peur d'être oubliée, et peur d'être trouvée, violée, assassinée. Elle avait déjà perdu son âge dans ce décor mutilé, un Berlin en flamme, des vies qui s'évaporent dans l'aube, un peu plus vite chaque fois, un peu plus misérable…

Lorsqu'on se sent vivant, on est prêt à mourir pour ses convictions, mystère habile de la conscience souvent sortie de l'ombre et qui tue les peurs les plus fortes.

« J'aimerais sortir et crier : que les armes se taisent ! » se disait-elle, les mains jointes sur le front, la mort dans l'esprit et laissant pénétrer l'amère vérité : elle ne survivrait pas.

Puis, un grand circuit de vertige mit aux abimes ses peurs. Elles se palpait la poitrine, elle ne se reconnaissait plus. Elle était comme une feuille morte, une acquisition presque définitive dans les bras de l'enfer. Considérant son corps nu, repoussant la honte, elle voulait mettre fin à sa course immobile. Elle voulait vivre, sortir du linceul gris de béton qui l'abritait.

Elle s'est levée, et sortit sous le soleil.

Elle sentit l'ardente brulure, en titubant sur ses jambes affaiblies. Les yeux mi-clos, elle éclata en sanglot au cri d'une femme qui hurlait, déchirée de ne pouvoir s'élancer pour balayer cet enfer qui ne semblait connaître aucune pitié, aucune fin.

Elle se mit alors à chanter, crucifiant la douleur et ses peurs.

L'espoir d'une justice dans les yeux, elle voulait oublier les soldats, ces bêtes qui tuent sous le couvert d'une guerre.

Elle avait encore leurs paroles, leurs mensonges en travers de la gorge, dans ce concert dépourvu de toute philosophie qui ignore et lamine les cervelles au point que les hommes en deviennent muets, sourds et aveugles...

Avons-nous oublié tous les chemins ? Aurions-nous oublié toute notre sagesse ?

Un son de gorge retentit derrière elle. Elle se retourna. Le visage de l'homme était dur, émacié, fatigué. Un officier, à en croire les galons qui ornaient ses épaules. Il la regardait sans un mot, les mains enfiévrées. Elle n'osait pas bouger, offerte malgré elle, à ses regards.

Avalée par le silence qui l'arrachait à cet endroit, elle ferma les yeux, faisant de son corps une passerelle dans le temps. Elle se voyait cueillir les glaïeuls, sentir leur parfum...A cet instant, elle cessa de haïr, de penser, elle dépassa les murs des combats.

L'œil ouvert de son âme l'escortait vers une croyance sécurisante.

Lui ne parlait pas. Il la regardait. Au dehors, les coups de feu lentement cessaient.

Elle ouvrit les yeux, l'homme était parti.

Il se révèle parfois dans l'homme de la noblesse et de la charité. Peut-être tout cela à la fois.

Autour d'elle, l'écume du désespoir s'évanouit. Sur ses épaules, le long manteau de l'officier pesait doucement. Elle regardait le jour sacré de la paix briller, et la promesse de vie.

Elle tressaillit, et murmura :

« Le corps rendra un jour ses cendres, en attendant, il nous faudra vivre entre la terre et le ciel, et croire sans oublier ce contrat avec la vie, croire que la sagesse suffit à repousser les portes austères du pouvoir. En attendant tout reconstruire, se reconstruire, oublier, sans oublier qu'il est bon d'être en vie…

« La guerre est un instrument totalement inadapté au redressement des torts, et qui multiplie les dommages au lieu de les réparer ».

Thomas Jefferson

Danser dans les feux du couchant

Sa chair est nue, sa peau d'or,
Ses mains dansent lentement sur son corps,
Ses seins sont doux comme des étoffes de velours,
Ses cuisses parfumées de soleil ont la couleur mate,
Des femmes exotiques vivant sous les palmiers,
Ses fesses troublent mon repos,
D'un grain joyeux, elles invitent mes yeux à dessiner le
Cristal imberbe caché sous ses vastes courbures.
Ses reins feraient naître en chacun la langueur d'un
poète,
Et mille sonnets pourraient prendre vie au creux de son
Ventre parfumé de soleil.
Je la désire, Rêveur.
Je l'imagine me laisser l'aimer,
Me perdre dans ses voluptés, dans la fougue,
Sous le soleil du soir rempli d'un voile de fines saveurs,
Chaudes, ses cheveux danseraient dans des rideaux
D'automne,
Son cœur si doux aimerait le mien alors,
Et le soleil dévorerait son corps,
Ses beaux reflets que le monde m'envierait,
Tous ces autres, qui pourraient voir briller,
Dans ses yeux l'amour qu'elle me porte.

Des enfants qui jouent

C'est d'abord une lumière quand on les Regarde, des paysages à l'infini, de douceur et de vie, d'émotion et de sérénité.

Sans parler, des milliers de mots s'envolent comme des oiseaux, et nous font rêver, une senteur nourrit la poitrine, et dessine des images d'enfance qui racontent des paradis, la fraîcheur de leurs joues quand ils voltigent dans les fleurs des champs…

Récitant leur jeunesse, ils jouent, tournoyant comme les ailes des moulins dans leurs souliers, leurs habits salis qu'ils cacheront à leur maman, de peur d'être grondés…

Quand ils rentreront, il y aura un silence, puis un baiser sur leurs joues roses, un sourire sur les lèvres, et les habits iront au sale.

Le lendemain, ils recommenceront toutes ces choses qui n'appartiennent qu'à l'enfance, et puis un jour, ils s'arrêteront, descendront de leurs chevaux de bois.

Ils auront grandi…

Deux petits ruisseaux

Sur ses larges bras la montagne,
Danse dans les feux de l'aurore au milieu des cieux.
Riche d'une musique aux mille couleurs,
Sur ses grands piliers, elle voit le monde,
Qui se mêle à la lumière se couchant,
En ses divans étincelants, majestueux portiques,
Où deux petits ruisseaux courent dans un lit,
Dans un tourbillon éperdu.
Le soleil se perd dans cette eau folle au parfum frais
Que les matins caressent depuis l'azur.
Dans l'air, elle s'évapore un peu, et flotte,
Comme l'oiseau partant flirter avec les nuages,
Chapelet à la chevelure rousse vagabonde aux éclats
Dansants, entrainés dans les voluptés calmes de vallées
imprégnées d'odeurs et pourpre de rayons flamboyants.
Un matin se lève, sur les deux petits ruisseaux.

Dans mes yeux ouverts

J'ai pleuré mon amour oublié
En ce matin qui se levait sur mon âme endormie.
Il avait le goût amer des cœurs tristes, vidant mes yeux
Immenses emplis d'espérance.
Mes oreilles entendaient le vieux rêve mourir…
Dans mes mots poussés vers l'aurore où, doucement
Sous cet horizon sans âge vieillissaient mes râles.
L'amour fuyait et le temps l'emportait au loin
Sur mon cœur.
Je ne pouvais que l'entrevoir, qui passait…
Il hurlait mon chagrin par la porte de l'aube, laissant un
Cri de cendre,
Dans le silence où vibraient mes confidences.
Ce matin l'amour n'était plus.
Sur des chemins infinis, il partait, balayant ces cendres,
En Phénix renaissant dans les yeux d'une Autre…

Doucement…

Dans les étoiles de l'aube
J'ai donné l'amour
Sur le velours noir des draps enchantés
Nous dormions sous l'œil des cieux.
Mes yeux ont faim de sa douce courbure
Mes mains craignent de la réveiller.
J'aimerais mettre la mort en déroute.
Dans ma mémoire la retenir pour l'éternité.
Ses traits fixés en images dans mon cœur orphelin.
J'ai laissé un long silence convertir mes doutes,
Et mes mains doucement courir sur son visage doux,
« Ta mort est déjà ancienne… »
Je dois la réveiller, et lui offrir les mille couleurs de l'aube.
L'amour dans mes yeux, la splendeur de ma douleur,
Ses Trésors et ses mystères cachés…
Mon histoire est la sienne, son cœur est le mien,
Notre route est la même…
Doucement, j'embrasse les crevasses de ses lèvres.
Doucement la vie la submerge.
Doucement je la ressuscite…
Entre mes mains, je l'arrache à la nuit et dans les reflets du Soleil.

Doucement lui fait l'amour…
Doucement la douceur des choses me conduit à l'aimer.
Doucement nos voix tissent la même trame d'un amour Eternel…
Doucement…A cette femme que j'attendais, « elle » qui Regarde de mon côté, je dis :
Doucement, nous allons nous aimer sous les étoiles de L'aube…

Dressé, j'attends la liberté

Nous sommes dans une arène de millions d'utopiques,
Ne possédant que l'espoir aveugle,
De faire recouvrer la vue à des politiques avilissants.
Qui crèvera l'obstacle qui grandit sur l'ordre ancien ?
Une illusion nous piège sur un pivot fou, tournant sans fin Sur sa couronne austère.
Axe immobile de lois pétrifiées,
Antique mensonge qui masque le poignard maudit du Pouvoir.
L'amère escalade des hommes durs dans leurs labyrinthes Pernicieux,
Comme une épine décharne les droits humains.
Une justice mâchoire tue la révolte des cervelles,
Avalant lâchement la vérité.
Dans nos cœurs s'étale le dégout d'une désillusion
Chronique d'espoirs déchus.
Dressé, j'attends la liberté,
Noyant dans l'immobilité présente tous mes jugements.
Dressé, j'attends la liberté…

Encore une fois

J'écris sur ton corps où mes lèvres se posent,
Sur ta peau de désert qui réchauffe mon cœur.
Encore une fois, je te découvre comme un soleil qui tue ma solitude,
Rend mes rêves plus beaux chaque jour,
Encore une fois, toi et moi dans un monde infini
Emporté par des mots d'amour sur l'éternité...
Je me réveille plein de toi,
Sur mon cœur, tu portes tout mon esprit.
Je t'aime...encore une fois,
Sur toi, je ferme mes yeux,
Encore une fois dans tes bras, je me sens chez moi...

Etrange rencontre en moi

Tout débute dans une ruelle tortueuse de la ville. Sous le porche aux lourdes portes entrouvertes, je passe la tête afin de voir ce qu'il s'y déroule. J'ai été attiré là par une incroyable vibration, aussi brève que violente. J'en ressens encore les répliques comme un effet de disque rayé. Gardant mon calme, je décide de ne pas céder à la panique et me contente d'observer. Mes regards balayent la rue, les trottoirs encombrés, et pour ne pas être à nouveau bouleversé, je me contente de raconter.

Je ferme les yeux puis les ouvre, constatant que durant ce bref laps de temps, rien n'a changé ; autour de moi règne un même chaos, à perte de vue, fait de ruines et de gravats.

Un bruit me ramène alors au présent devant les grandes portes d'acier, un battement d'ailes sculptant l'écorce du silence et disparaissant dans une autre dimension. Le vertige me prend, l'angoisse des mondes engloutis avant que ma peur ne disparaisse dans un tourbillon muet. Je me mets à rire sans bien savoir pourquoi car je ne peux comprendre ce qui vient de se produire. C'est de la folie ! Le temps de me ressaisir et une secousse fait de nouveau surgir de terre un couloir de gravats, redessinant l'espace, comme si un géant s'affairait dans cette ville-LEGO. J'écoute le profond silence qui cerne mes yeux.

Quoiqu'il advienne, il y a certainement une explication logique à ce phénomène incroyable.

Tout commence par cette étrange impression d'une présence à mes côtés. Sur le moment, je pense à une sorte de miracle ; la chose paraît énorme mais la sensation de réalité prend le dessus. Moi qui nageais en pleine détresse, qui apprivoisais avec difficulté le quotidien, je me demande à présent comment sera le monde si je m'y retrouve enfin seul ! Un temps interminable se manifeste à ma conscience et les minutes s'étirent à l'infini. Bientôt cette impression s'amplifie encore ; les repères disparaissent et le temps m'invite à lui faire confiance. Attendons la suite…Que dire d'autre, sinon que tout « s'arrête », c'est à peine croyable. Je m'auto-persuade que cela représente exactement mes désirs les plus fous mais à la fourche de l'imaginaire, je me prends à cultiver le doute, l'incertitude, la douleur presque amère. Le monde a-t-il survécu ? Dans l'attente d'une réponse, d'une exquise satisfaction, j'échange mon ancienne vie « d'un grand bâtiment sombre » contre l'immense désolation dans laquelle l'existence des hommes a avorté. Et c'est pourquoi, je résiste au fait d'être envoutée par cette idée…Pénétré de l'importance de mes intuitions, je me dirige à l'intérieur du seul immeuble resté debout, non loin derrière moi. Je passe la main le long de la porte d'acier et la referme. Je me laisse conduire par les escaliers menant à un hall inquiétant dont les murs semblent me dévisager. Je ne m'attarde pas, enfile ma veste et redescends à l'intérieur de la cour. A présent, tout va bien. Je me dirige à nouveau vers la porte et tourne la poignée sculptée : une tête de fauve au regard inquisiteur semble vouloir lire en moi. Je ne lui cède pas mais les gongs craquent brusquement dans un cri d'outre-tombe. Je frémis, j'entends presque derrière moi l'animal effrayant. Libéré, de cette sorcellerie et du profond malaise généré, je regagne ce qui reste du trottoir d'en face dont le café d'angle a été englouti sous terre. Les frissons qui me parcourent me donnent l'inexplicable envie d'exhumer par quelques coups de pelle un bout de table, un morceau d'enseigne… Or, cette enseigne mystérieuse n'affiche aucun nom ! Aussi furieux que profondément troublé par cette découverte, j'avise une boite en carton et shoote en son milieu. On dirait qu'elle vole au ralenti. La vision est surréaliste, mon visage porte une expression sévère. Je décide alors de fouiller les pierres, histoire de reprendre confiance en moi. Les deux heures suivantes passent comme une minute, mes certitudes s'effilochent. Je me retrouve aux limites de la tourmente, bloqué dans une dimension qui ne me veut pas. Mon esprit est un navire en perdition. Je tente de renouer le dialogue avec les premières apparences et les doutes fusent aussitôt. Une ombre empreinte de violence regarde au fond de mon être. Mes pas me portent vers un cimetière aux marches descellées, éclatées, aux arêtes tranchantes comme un rasoir Je tente néanmoins d'apprivoiser l'apparence superficielle du lieu. Consciemment ou non, je perçois des prières dans toutes sortes de langues. Mais je refuse de m'interroger. Je commence à m'ouvrir et à déambuler le long d'un couloir sombre. Je remarque que le ton a changé, l'énergie se fait plus douce. Je balbutie, je comprends que ce n'est qu'une impression. Interloqué, j'aspire à rejoindre cette forme au centre de la lumière. Rien n'est plus terrifiant et je cède la place à ma propre énergie. Je ressens un contact, une main posée sur mon épaule puis un moment de vide.

- *« Monsieur…monsieur », dit une voix au loin.*

Mes yeux s'entrouvrent, s'accoutumant à la lumière d'un soleil radieux.

- *« Monsieur », reprend la voix. « Vous vous êtes endormi, le parc va fermer ses portes ».*
- *« Merci, je vais y aller ».*

A présent que je suis de retour, que les choses se présentent avec la plus grande harmonie, je repense aux origines de mon rêve liées à ma mémoire. C'est en écoutant battre le cœur de la vie que j'ai compris que nous devions retrouver nos valeurs et sauver le plus important : notre mémoire d'être pensant.

- *« J'aime bien cet endroit », dis-je modestement.*
- *« Je suis bien de votre avis », répond le gardien.*

Je traverse la peau du matin

Les ailes d'ombre balbutient comme antan.
Je regarde l'eau salée de la mer laver l'indomptable Horizon, un miracle à la fenêtre du temps.
J'enroule dans du papier les chemins de ma vie, ces mots qui Finiront en ruine dans le labyrinthe réverbère, diamant pur Du commencement.
La lumière vacille comme un mystère aux portes de l'aube, Illuminant l'arbre et son écrin dérobés à la nuit.
Je traverse la peau du matin, cerceau de joie qui danse avec L'eau de la pluie, la mer se fait ambre, mes mots partent Dans le silence tisserand du jour. Les lumières dévorent Dans la terre les cailloux fermés, la nuit s'est tue.
Le soleil s'ouvre sur moi, je traverse la peau du matin.
J'écoute le vent emporter mes murmures d'insomnie dans le Silice d'une bouteille solitaire...

J'habite un tourbillon d'écume

Sur les ailes de l'aurore un ciel se décore,
Des grandes fenêtres magiques distribuent vents et marées,
Sur l'azur émeraude qui gonfle et déroule ses anneaux,
Libres de rêver…
Personne sur la grève ne peut dompter la mer,
Elle enflamme de mille pensées les hommes,
Autour de l'heure qui s'écoule.
« Conte-nous tes vagues mélodieuses,
Qui font renaître dans les regards,
Les plus vieux empires engloutis,
Dévoile le secret des couleurs,
Comme on les voit dans tes eaux.
Montre-nous partout où la Terre est belle,
Où le feu du ciel se mêle à des anges d'albâtre,
Tourbillons d'écume. »

Jour d'été

Des enfants firent éclater dans les airs des rires, des chants, un festin pour leurs parents.

Le soleil haut dans le ciel regarde l'immense étendue de son horizon, une onde infinie vient baigner le visage de ces enfants qui s'abandonnent au jeu, au vertige magique d'un jour d'été.

Assis sur un banc, leurs parents pleins de tendresse se laissent bercer par la douce ivresse de la chaleur. Carnaval de couleurs dans le jardin, coquelicots, tulipes et pensées courtisées dans le bal des abeilles.

Par-dessus les herbes, l'oreille d'un chat musicien écoute le concerto d'oiseaux qui l'inspire, tapi sous une corde tendue où dansent des vêtements caressés par un vent léger. L'œil ironique d'un papillon semble narguer le chaton à peine plus haut que l'herbe qui le cache.

Comme des trésors, les cheveux blonds des enfants dansent au gré du vent dans une lumière moelleuse.

Le monde sans limite leur offre ses couleurs.

Justice, je voudrais dire que j'ai survécu…

Que m'était-il arrivé ?

Depuis de longues semaines, j'entendais derrière les murs épais de ma cellule ma femme pleurer ; elle me cherchait, mais en vain…L'endroit où j'étais détenu m'était inconnu. Seuls des sons faibles gagnaient mon oreille parfois. Je croyais rêver et me penchais plus près des grilles, et puis plus rien…

Seul dans ce cachot, je n'avais pour amis que mon souffle et l'écho de ma voix. Le maigre repas qui m'était servi paralysait davantage mon état ; une nourriture repoussante, et ma volonté était morte…Je tombais à genoux quand cette pitance m'était donnée. Mes geôliers étaient invisibles, ma chair ne m'obéissait presque plus, je n'avais plus de raison de me relever, ni la force d'ailleurs. Seule une envie encore, elle, battait au fond de mon cœur pour cette femme que j'aimais.

Anne, ma merveilleuse Anne…Je l'appelle en mon cœur si souvent… Mais la coquille de mon âme est dure et je retiens son image, qui désamorce mes peines. Je la voie sourire encore...Je la sais si inquiète depuis longtemps.

Ses pleurs perçaient les hauts murs du donjon…

Depuis que j'étais ici, je réfléchissais, quand ma cervelle n'était pas folle. Alors comment savoir pourquoi on m'avait enfermé, pour quel motif ? Tout est arrivé, je crois, un matin…Je m'étais couché, harasser de trop de fatigue, après une nuit où, comme cela se produisait parfois, j'étais emporté dans l'élan d'un travail à

Terminer. J'étais sculpteur de mon état, et vivais de mon art. Peu de repos me suffisait habituellement, pourtant ce jour-là, un dimanche, je restais dormir, après avoir travaillé tant d'heures à une magnifique pièce de bois que j'avais sculptée pour la Reine elle-même... Et je me réveillais, ce matin maudit, entre ces murs escarpés...

Pourquoi ?

Un état de torpeur et d'angoisse me gagnait chaque jour un peu plus. Je n'avais qu'un moyen médiocre de parer à cela : crier, afin de faire sortir cette peur, calmer le chagrin qui déguisait ma folie ; en vérité je me jetais sur les murs rougis par mon sang avant de me mettre à sangloter, caché dans l'un des recoins les plus sombres...Tout ce sang sorti de moi, échappé, mais pas libre non plus. Il y avait là de quoi devenir fou...

Il m'arrivait presque de sourire dans cette agonie.

A qui servait ma captivité ? La justice se serait-elle trompée une fois de plus ?

Je faisais défiler devant mes yeux hagards mes dernières heures d'homme libre. L'odeur de l'acier et de la poudre colorait mes souvenirs. Je pouvais à présent la sentir tout alentour...Devenais-je fou ? Je voyais déjà ma tête embrasser les démons.

Qu'avais-je donc fait ? J'éprouvais un malaise à chercher à me rappeler. Cette vision nourrissait à présent mes peurs. Il me fallait donc être coupable, pour accepter cette inexprimable sensation. L'espérance n'avait plus qu'une place maigre dans mes souffrances.

Je sombrais impitoyablement de plus en plus bas, dans ma poitrine résonnait l'innocence et la culpabilité. Avec de grands efforts j'essayais d'arrêter ces maux…puis mes mots.

Mon esprit oscillant dansait dans les bras de la folie. L'énergie grandissante de la descente m'emportait, quelques minutes encore et je n'en reviendrais pas.

Je priais le ciel à nouveau. Je me couchais à terre, et restais là étendu comme un enfant que l'on aurait tancé sans raison.

Quelque chose a brillé alors.

Descendant du plafond noir un instant plus tôt, une lumière aveuglante adoptait lentement l'uniformité et faisait de ce cachot un palais de cristal. Je me redressais, reprenant le dessus, je tournais, avec l'allure furtive d'un fauve, autour de cette lumière blanche grandissante, presque douloureuse à mes yeux éteints par l'accoutumance à l'obscurité. J'essayais de ne pas la regarder, mais mes yeux en rêvaient.

Cette lumière nourrissait ma tête et mes espérances, très vite jusqu'à mon corps tout entier.

J'arrêtais mon pas, et restais immobile, à moitié suffoquant d'avoir trop inspiré l'air vicié de ma geôle. Encore une minute et je serais mort.

Cette lumière inondait mon monde, peut-être voulait-elle m'emporter ?

Je fermais les yeux, imaginant le dernier chapitre de ma vie se clore dans cette lumière, et encore, je sentais cette odeur obsédante d'acier et de poudre, qui se répandait dans la prison.

Puis soudain, le faisceau de lumière s'interrompît.

Lentement je reculais jusqu'à la grille.

Là, derrière moi se tenaient mes geôliers, je les sentais, les plus démoniaques d'entre les hommes. Un rire s'échappa d'entre leurs dents, chicots usés à cause de l'alimentation indubitablement corrosive de l'endroit. Ce n'était pas de toute évidence un endroit à recommander.

Ils ne devaient que peu souvent sortir de ces murs.

Des prisonniers tout comme moi, mais libres de partir, quel paradoxe...Leurs silhouettes se dévoilaient au falot que l'un d'eux tenait avec fermeté. Sur les barreaux de fer cliqueta le trousseau de la liberté, les clés qui me laisseraient libre si l'un d'eux le voulait. Comment leur expliquer ? Je ne pouvais me mouvoir à leur vue, j'étais paralysé face à ces hommes qui n'en avaient qu'une vague apparence – des bêtes sans âme eut été plus juste pour les qualifier – Ils restaient là, campés sur leurs deux jambes, restant là quelques minutes à me sourire, un rire figé, puis leur falot brûla ses dernières huiles et l'obscurité se réappropria les lieux.

Je ne savais pas s'ils étaient encore là, à écouter, pensant que j'allais encore crier de peur.

Je gardais le silence. Le temps parait plus long quand les choses paraissent invisibles.

A ce jour encore, je ne disposais d'aucune réponse, mais d'une question de plus…

« Quelle était cette lumière, cette force ? »

Je restais sans réponse face à cette nouvelle énigme. Je me suis étendu sur le sol où j'ai laissé passer la nuit…

Je tâchais de trouver un quelconque repos de l'âme, mais rien n'y faisait. Ces murs, cette captivité retenaient tout de moi, me plongeant dans l'ivresse la plus totale.

Puis au cœur de la nuit retentit une voix :

« Il sera exécuté demain ! ».

- *Je n'ai pas eu de procès, criais-je tout haut.*
- *L'état fera l'économie d'un procès ! le contribuable ne s'en portera que mieux !*
- *Non, non criais-je encore, vous êtes fou, à quoi rime tout cela ? Il faut m'écouter !*

« Cela sera ! » dit une voix grave qui ne m'était pas inconnue.

Cette voix étrange me glaça le sang. Je connaissais cette voix, mais où l'avais-je entendue ?

Le temps de la réflexion épuisé, j'ai dit : je vous connais monsieur ?

- *Peut-être, cracha - t'il. Puis le silence réinvestit la pièce.*

Je l'interrogeais mais en vain. Aucun mot ne réconfortait mes craintes.

Mais quelle était cette conspiration ?

Une longue chaîne de fous avait dû s'associer pour ma perte.

Aujourd'hui encore je nourrissais ma folie.

« Demain je serai mort ! Mort ! Me disais-je à voix haute.

Le temps défila comme pour me narguer du pouvoir qu'il avait sur moi, me rapprochant de ma sentence au petit jour. Enchaîné à cette réalité folle, je n'avais plus assez de souffle pour émettre de revendication...Plus avant...

Mes dernières pensées allèrent pour ma femme, Anne.

« Anne, criait mon âme, dans cette tête que j'allais perdre, cette femme qui m'espérait derrière ces murs silencieux...Pourquoi ne me rappelais-je en rien de quoi on m'accusait, pas même de cet endroit, de ce donjon, de ces couloirs, de ces hommes qui avaient dû m'emmener attacher à ces courtes chaînes aux pieds. Je n'avais vu que ces deux faces patibulaires aux formes inachevées, et cette lumière, sujette à me faire espérer...Pourtant à l'aube je verrai ma tête danser

dans un panier. Il parait que l'on se voit mourir, que les yeux voient encore quand le corps est mort…

Cette nuit m'interdisait de dormir, en pensant à cela : j'espérais une visite qui changerait tout, un prêtre, un mot, un dernier mot de quelqu'un…Mais rien ne venait combler mes désirs, les clés de mon destin cognaient contre ces murs lourds de désespoirs, je pouvais les entendre, ceux qui n'étaient plus là !

Au petit jour roulèrent en masse des tambours. L'heure de ma fin approchait.

J'éclatais de rire à ce son.

Je ne pouvais y croire, une plaisanterie, un mauvais rêve…J'allais me réveiller d'un moment à l'autre, ce n'était qu'une question de temps. Mais le temps me manquait…

« Si seulement je pouvais me réveiller ! »

Soudain j'entendis le pas lourd de quelques pieds qui semblaient grimper les marches. Ils venaient pour moi.

Dans cette panique, je cherchais mes mots, pour leur parler, expliquer le pourquoi, mais rien ne vint à ma bouche, mes lèvres restaient sèches…

Je n'avais aucun souvenir de ce qui s'était passé, juste cette impression d'avoir vu ma vie défiler l'espace d'un instant ; comme c'était étrange, je revoyais mes deux geôliers me sourire ;

« Je crois que je les connais ? Mais je ne m'en souviens plus.

Face à face avec ces hommes qui ne me répondaient pas. Faisant des pieds et des mains en vain. Ils m'ignoraient.

Une voix cria :

« Toutes les têtes sont là Mon Roi ». Les traîtres ont payé de leur infamie.

La sensation parmi ces masques me terrifia.

J'étais mort, vraiment mort ! Ma tête n'était plus à moi.

Cette lumière que je voyais était celle de mon âme qui s'envolait.

Le bourreau retourna le panier d'osier. Il fit noir tout à coup. Ma dernière pensée fut pour Anne, ma mie, que je ne reverrai jamais. Savait-elle-même que je n'étais plus...

Le plus dur était de ne pas savoir...

Je voudrais vous dire que j'ai survécu...

La peur

Elle filait comme un train dans les ténèbres...
Des ombres aux frontières du réel,
Des mots irréels pour expliquer l'imaginaire.
Sous mes yeux des personnages comme sortie de terre,
Immobiles dans l'obscurité profonde...
Une apparition fantastique,
Surnaturelle déchirait la nuit,
En moi, la peur entre deux rivages,
Mon esprit franchit l'espace impalpable et sombrait dans le cadre mystérieux de la peur...

Le rêve du Soleil

L'aube qui doucement se levait
Dans des couleurs ensanglantées dessinait le contour d'un visage,
A demi caché par l'obscurité encore souveraine.
Dans le ton calme du ciel cet ovale dansait,
Caressé par la rosée d'un matin auréolé d'une lumière
Descendue des nues.
Esclaves, les raies lavaient le marbre de la nuit,
Dénonçant son lucide contour, troublant.
Ce visage empreint de poésie, ses yeux de fleurs,
Semblaient dissimuler d'invisibles sculpteurs de génie
Révélant dans un ordre parfait à mes regards d'émeraude,
Cette beauté qu'aucun murmure ne pouvait assombrir,
Qu'aucun vent ou nuit glacée venu souffler jusque dans les prunelles de ses yeux
Ne pouvait effacer…
Le temps serait toujours son obligé.
Courant vers l'Orient,
Son sourire flamboyant se perdait dans les aurores où elle
Régnait, Reine d'un royaume de lumière,

,

Conçue dans les ombres sous le toit scintillant des étoiles,
Née de l'immensité pour s'envoler vers l'azur.
Guidée par les lueurs, elle était descendue de ce ciel
D'étoiles une nuit d'été,
Et tous ceux qui la contemplèrent,
Ne virent jamais plus l'ombre du soir,
Tomber sur les vallons...

La cité des Ombres

Il faisait déjà bien noir.
Les ombres sont rentrées,
La grosse pluie a noirci leur ciel,
Et noyé l'asphalte,
Lui qui était là pour accueillir leur souffrance,
Et le reflet étiré de leurs faces capitulées,
Couchées dans le miroir des sols,
Où s'écoulait leur angoisse,
S'improvisant des divans au fond des rigoles des trottoirs.
Dans cette eau morte, qui écoutait leur mal, leurs désirs
Illusoires,
Brisés sur la roche dure de la réalité
Où ne fleurit jamais rien d'autre qu'un grand rien
Pathétique.
Il n'y a qu'une réalité sans délicatesse.
Une dédicace de leur désespoir, perdu dans ce boudoir.
De la tristesse où ne résidera jamais rien d'autre
Que leurs faces cramoisies invitées à y laisser
Leurs illusions, l'asphalte,
Qui s'est fait cerbère de leurs âmes,
De leurs désirs ostentatoires
Au cœur de ces grandes villes étiolées,
Forêt de buildings obscurs, stérile et sans pouvoir,
Que viendront grossir encore de nouvelles ombres…

L'Oiseau Bleu

Sous elle le soleil s'était couché, dompté par le fiacre du néant qui emportait le temps de la nuit, avalé par l'épaisse muraille de l'obscurité.
A chaque aube renaissait l'Oiseau Bleu, qui dans le noir tombant mourait un peu.
Sous les vieux chênes centenaires, où un regard crevait l'œil borgne d'un hêtre fatigué de lutter pour une mince rai de lumière se cachait l'Oiseau Bleu. Dans ses yeux se lisait une peur nourrie du trésor des coffres de l'âme. Elle s'y cachait en nourrissant le rêve naïf d'un bonheur qu'elle épouserait en secret, et attendait le retour de l'astre infidèle, pour que la nuit voleuse rende le jour à chaque nuit achevée.
Cachée dans le creux du hêtre en sommeil, où dormait son être plein de crainte, elle mourait chaque soir un peu plus, dans le cœur du cercueil douillet de ses désillusions.
Les épaules lourdes elle rêvait tout en se blottissant dans l'épais duvet d'une pensée qui la rassurerait un jour. Plongée au cœur du ventre des forêts de jade chargées du soleil trop généreux de l'été, elle s'endormait, et sous le toit de l'humanité, je me suis arrêté à cette petite odeur de peur que je sentais.
Je lui ai murmuré tout bas « tu manques à ma vie triste, là-haut les anges m'ont susurré tes chemins, viens avec

Moi, envolons-nous, gagnons le bleu qui danse seulement pour nous. »
Sa robe bleue alors trembla à la lanterne de mes mots, et au creux de ce vieil hêtre usé, j'ai vu naître un être de lumière. Avec le soleil dans son infidélité permanente s'ouvrit la grande fenêtre de la vie, laissant s'échapper le feu de la passion illuminant l'épaisse forêt qui se parait doucement d'émeraude à l'aurore naissante.
Au fond de mon cœur dansait une larme, accourue des flammes belles de mon âme remplie d'or. Et je lui promis de ne plus avoir froid en son cœur.
Cet arbre borgne ne le serait plus,
Et dans nos yeux l'amour brillerait pour l'éternité, à jamais.
Le froid quitta ces lieux pour d'autres, et plus bas, sur le tapis d'aventurine se jouait l'aventure des fleurs qui s'amusaient à ouvrir leurs cœurs à l'amant toujours pressé, émissaire de toute vie, qui dans le bleu voyage à jamais...
Le soleil, qui rogne nos ailes et les portes de nos âmes. Sa chevelure brûle le péché niché en nos cœurs, et dans ce paradis au goût d'éden, j'entends venir l'amour, et je lui dis « viens, viens avec moi éclabousser le ciel du bleu roi de nos ailes, montrons au monde entier comme nos cœurs trop jeunes de savoir vont s'aimer, volons dans l'image

qu'il nous donne, et sans histoire à nos cœurs ivres, éblouissons les fleurs en pleine lumière.

Fais disparaître ta peur dans les châteaux des cieux, profite du temps qui ne s'attarde pas à jouer et brode d'or les étriers du ciel en rêvant d'un amour géant. Aimons-nous pour toujours, sous le couvert des grands chênes et jusqu'au profond de l'œil céleste, perdons-nous dans son bruit infini...

Ma maison

Sous le ciel, des étoiles,
Une iris dans le cirque des cieux,
Fruit du crépuscule antique, du commencement de l'Univers.
Dans son milieu des nébuleuses, un océan exterminé, un grain géant piqué au cœur des étoiles.
Notre planète somnambule, qui tourne en silence dans les forêts du ciel, entre mes fenêtres, ma maison.
Toutes ces choses saisissables par les yeux, remplis de poussière d'argent incandescente. Elles illuminent l'abime perdu.
Ma maison, c'est un grand œil ouvert sur l'énigme de l'inconnu qui nous regarde.

Maître, enseignez-moi la voie

La biodiversité, c'est la Vie. Notre survie en tant qu'espèce dépend de celle des autres. La nature attend de nous que nous relevions le front. Changer la perception de la nécessité, le superflu dans ce monde en sursis. La vie est un cadeau pour l'homme.

-Maître, sur ce principe naturel, que devons-nous faire ?

-L'homme n'entend exister qu'à travers une politique destructrice, une parodie de paradis, la magie d'un cirque sans philosophie.

L'homme est sa propre étoile, et à l'écouter, je ne le crois bien heureux, quand il goûte le fruit de ce qu'il a engendré.

-Maître, vous me demandez face à la nature de changer. Elle attend de nous que nous fassions une génuflexion.

-Il n'y a en rien de déshonneur à s'agenouiller devant une loi de l'univers où Tout est dans Tout.

L'homme s'approche sous l'ombre où cent bouches rugissent, un abîme de ténèbres si grand qu'un diable n'irait pas. Il n'existe aucune lumière derrière ce cercle invisible, son anneau est lisse depuis l'aube des temps. Aucune espèce perdue dans ce miroir n'a refait surface.

-Maître, pourquoi moi ? Comment pourrais-je dire au monde de changer ?
-Pourquoi toi ? Pourquoi pas toi...Tu es le premier à entendre le danger, alors, va...
Va tout en haut, très haut dans les cieux courir dans les nuages. Emporte ce message dans le ciel, crie par cette fenêtre la misère des pierres qui cachent la vie sans froisser la moindre brindille.
Pourquoi toi, me demandes-tu ?
Parce que tu es le premier à marcher sans l'envie.
Il est temps...

Journal de Mathias Korrigan, 1886

Quelque part oubliés sur une île du Pacifique, ils étaient comme des ombres qui survivaient à leurs cadavres.

Je les revois encore, ce premier jour, regroupés sur la grève, tentant de ne rien laisser paraître, fièrement redressés, et pourtant profilant déjà une face de ténèbres. Leurs fronts semblaient lumineux sous le soleil de plomb où déjà perlait une sueur froide face à l'horizon qui les peignait de noir.

A peine étions nous débarqués sur cette île que déjà elle nous disait adieu.

Piégés par son silence, loin de toute espérance, qui aurait pu avoir cette idée, si ce n'est un fou ?

Le navire qui nous avait amenés jusqu'ici n'avait débarqué que quelques hommes et peu de matériel, à peine de quoi tenir un siège imaginaire contre l'ordinaire, et sans plus de formalité il perçait l'horizon rougeoyant dans des manœuvres rapides avant de disparaître, avalé lentement, toutes voiles dehors comme pour un abordage en temps d'hostilité, puis il s'évapora.

Seules deux salves tirées marquaient encore l'existence du navire, déjà fantôme, comme pour nous dire adieu, trouant pour un cours moment le silence tombant comme une ancre sur les hommes.

On pouvait voir sur cette plage quelques malles, trônant de-ci-delà comme d'un naufrage un matériel en tout

Genre, des choses inappropriées, surtout pour cette île qui nous avait semblé d'entrée ne pas vouloir nous accepter.

Puis suivirent les premiers gestes militaires, seconde nature de ces hommes disciplinés. Drapeaux plantés, reconnaissance des lieux, répartition des tâches...Le tout prévu pour résumer une courte campagne...Puis vinrent les chants militaires, pompeux, je ne le cache pas. Seul le vent semblait manifester quelque attention à cette cacophonie, sous les fouets langoliens cherchant déjà misère au drapeau, le malmenant à vouloir le déchiqueter. Nous étions pareils à des fantoches abandonnés au milieu de cette plage, vide de tout sens, et comme dans un accord, nos regards se sont jetés sur l'horizon, cherchant l'unique témoin de notre folie d'être resté.

Je crois bien que depuis ce premier jour les hommes se condamnaient volontairement à l'ennui, précepte d'une folie imminente

Ces soldats étaient habitués tout comme moi à la terre ferme, aux grands espaces de manœuvre, et nous étions là, contraints à quelques arpents seulement.

Sur ce sable d'apparence stérile et saturé sans aucun doute d'un sel corrosif, nous avions un sentiment d'impuissance qui s'intensifiait, et la dernière heure, qui devait sonner la fin, approchait...

Les déceptions que nous avions craintes suivirent ; durant des mois nous avions espéré, en de multiples tentatives de faire pousser quelques choses ; nous avions planté tour à tour toutes les graines apportées sur le bateau, sans succès ou presque...Et pour celles qui avaient eu le bonheur de pousser, rares trésors, elles n'atteignaient pas une taille assez honorable pour être mangées, car des hôtes moins regardants en faisaient leur affaire. Des colonies entières de crabes rouges s'abattaient comme des disciples de Belzébuth, grignotant chaque pousse, ne laissant qu'un désert, au rythme de leur ténacité mécanique.

Nous combattions l'ennemi autant que faire se peut, jusqu'à en être plus tard harassés, renonçant finalement, abandonnant tout espoir et toute volonté...

Ainsi les hommes avaient cessé toute tentative de culture, et même cette mer nourricière qui offrait par habitude sa provende ne semblait plus vouloir nous aider. Elle nous tournait le dos à son tour, ne donnant plus que quelques chétifs poissons, si on pouvait encore appeler ainsi le résultat de cette pêche, car une fois le contenu des filets remontés, il semblait disparaître comme neige au soleil.

Le sort jouait contre nous, une fois de plus.

Sur les bandes côtières, des requins montaient la garde. Pas un poisson digne de ce nom ne pouvait passer leurs douanes inflexibles ; ces cerbères opportunistes nous affamaient, comme conscients de leur pouvoir de nous affaiblir.

Nous étions livrés à ce château de sable qu'un enfant entraîné aurait pu concevoir ou défaire. Quelle ironie pour nous qui étions venus ici de notre propre chef, sans forteresse à conquérir, nous étions là arrêtés par notre ignorance face à ces éléments semblant tenir à nous éradiquer comme un vent relâché de sa prison, meurtrier sans maître.

Il nous restait bien ces satanés oiseaux tournoyant comme des fossoyeurs du ciel, mais très vite la poudre nous manqua, et celle contenue dans les caisses était rongée par le sel, cette arme invisible et implacable, qui gagnait chaque jour un peu plus de terrain.

Fatigués, nous usions plus que nécessaire la précieuse poudre, et de nos malheurs ajoutés, nous ne tirions qu'une maigre satisfaction, qui ne compensait pas notre peine.

Puis les oiseaux revinrent, nous narguant de plus belle, se doutant bien de notre infériorité. Ils n'étaient plus les rois du ciel, mais les nôtres ici-bas. Ils semblaient avoir tous les droits, et en usaient à leur guise.

Très vite la confusion s'installa, s'emparant de nous, gangrénant de folie nos esprits affaiblis, nous dictant les instincts les plus bas, jusqu'à l'ultime : nous poussant à nous entretuer pour un rien ; et la plupart du temps il n'était plus possible de nous donner le nom d'Hommes, tant nos actes étaient éloignés de ce qui devait faire de nous des Humains...Pour nous la prédation était de mise. Des coups de fusils retentissaient de temps à autre, usant nos dernières munitions, gardées dans l'espoir d'un secours qui ne viendrait pas...Il n'en était plus question, et au moins un homme mourait chaque jour, abattu ou mort de faim. Plus personne ne servait son ombre, nous étions sur le non-retour, et finalement cela importait peu...

Et puis l'horreur absolue se produisit ; certains, poussés par la famine et la folie extrême dévoilèrent l'instinct le plus vil, devenant cannibales. La même réaction d'épouvante suivit, pour ceux qui furent spectateurs de l'atrocité de la chose.

Les jours et les semaines passaient, le temps ne se comptait plus. Luttant avec moi-même, je savais pourtant que je finirais par faire comme les autres !

Inventant de nouveaux pièges plus ingénieux, je finis par les imiter à la perfection. Le corps d'un homme me permettait de tenir 30 jours si je le mangeais doucement, prenant soin d'en faire sécher certaines parties au soleil. L'essentiel était de survivre. De se survivre serait plus juste...

Le temps passait, et passe encore. Une année, deux peut-être ?

Ma barbe et mes cheveux touchaient le bas de mon ventre, creux. Toujours aucun signe à l'horizon, personne n'était revenu nous chercher, aucun navire n'avait été affrété pour notre sauvetage. Nous avions été oubliés, des hommes et des Dieux !

Sacrifiés sur l'autel d'une mission trop coûteuse, on nous pensait morts depuis longtemps...Comment savoir ?

Bientôt il n'y aurait plus personne pour se poser la question ; sans doute même ce drapeau délavé qui nous narguait disparaitrait après nous, et aucune trace de notre passage ne subsisterait. Tout ce que cette nature hostile et définitivement maîtresse des lieux recracherait de nous ? Un néant calme.

Elle nous effacerait.

Sur moi ne restait qu'une frêle toile en guise de vêtement, un linceul pour ainsi dire...

Conscient d'être sur la fin, je décidais de tout consigner de ce voyage sans retour, jusqu'au moindre détail, fut-il sordide ou saugrenu. J'usais d'infinis journaux de bord pour fixer l'histoire des pauvres bougres que nous étions, condamnés à cette dérive forcée. Même ceux qui se disaient amis avaient fini par être une menace les uns pour les autres, assassins sans que s'exprime la moindre douleur ou sentiment de dégoût.

Je me rappelle comme j'avais été bien accueilli par ces hommes durant la traversée, puis sur cette île où j'avais réussi à me faire respecter, moi le seul à savoir écrire, le seul à avoir reçu une instruction digne de ce nom. Et pourtant, comme eux, j'avais cédé à mes plus bas instincts, Ô ces ennemis irréductibles de l'homme ! C'est sans doute pourquoi ma pauvre tête a laissé plus d'une fois libre court à la barbarie...

Pendant que se creuse et se creuse encore mon temps sous le soleil, je me disais dans un rire grinçant que ma triste histoire finirait six pieds sous terre, et que, si le temps court encore, les journaux de bord passeraient par-dessus bord, et qu'un requin affamé les dévorerait sans mal, un requin tigre, peu regardant quant à la nature du dîner...Et je riais, riais encore, et puis je me mis à pleurer.

Quelque fois, je crois voir passer quelqu'un, mais ce n'est que mon ombre, seule encore vivante dans cette prison sans gardien.

Je ne suis plus sûr de rien, tout le monde se cache, restant des jours immobiles, et il est facile à chacun de se croire être le dernier humain sur cette île. Je n'ai pu dénombrer les victimes, même pas les miennes, refoulant mes actes, jusqu'à imaginer ne pas les avoir commis !

Je n'étais alors certain que d'une chose, du nombre d'oiseaux infatigables allant crescendo. Eux, peut-être se repaissent-ils des cadavres couchés dans les criques, qu'en sais-je, d'ailleurs ?

Ce qui était rendu visible était à coup sûr les carcasses humaines, rutilantes, presque aveuglantes que les crabes rouges polissaient de leurs pinces acérées, chirurgiens consciencieux, et je me voyais déjà mort entre leurs pattes rien qu'en les regardant. La moitié de mon poids s'était volatilisée à cause des dysenteries répétées, et aux portes embrumées de la folie, je me confiais à eux, les seuls à m'entendre ici-bas...

Devant moi, un cimetière à ciel ouvert où des squelettes humains se partageaient le territoire avec ceux des mouettes que nous avions décimées. Un tableau de bataille où l'homme seul avait capitulé, perdant même le droit à une sépulture décente…Et je sombrais, imaginant la mort voulant m'arracher à la vie.

Je trainais sur le sol, pour qu'elle ne me reconnaisse pas. C'était bien la méconnaître, et tout en rampant, je repensais à ces généraux, bien au chaud dans leurs garnisons, dormant sur leurs deux oreilles, la panse plus que pleine, l'esprit sans tracas…Ah quelle belle utopie vue d'ici ! Comme j'aurais aimé avant de trépasser lester leur âme des drames joués ici !

Montrer à ces hommes les yeux des soldats qui arrivant sur cette île avaient souhaité en partir, leur faire constater la désolation des lieux dès les premiers pas, leur faire entendre les chuchotements de ces hommes en pleurs. Tous ces hommes, dont pas un n'était marin, qui n'auraient même pas pu s'échapper quand bien même ils auraient eu un navire à disposition.

Aujourd'hui, je n'écoutais plus que le ciel soufflant, épuisé, harassé d'être à la fois une proie et un prédateur, je décidais de me redresser sur mes genoux cagneux, scrutant l'horizon. Mais je ne voyais rien, rien, pas même ma fin. Ma bouche exhalait une odeur fétide, ma mort annoncée sans grand mystère.

C'est sans doute la dernière lettre que j'écris là, car l'encre aussi s'étant faite rare, ce sont les quelques gouttes de sang qu'il me reste que j'utilise…Je regarde mes doigts trembler, et trembler encore. Mes forces me quittent, plus rien de moi ne veut coopérer. J'ai dû me rallonger sur le sable, mon corps chétif ne me portant plus. Moi qui fus un homme jadis, j'imaginais l'autre moitié de moi partie déjà remplir le vide au ciel, et je me mis à chanter un air remémoré, sans doute celui que nous chantions lors de notre arrivée ? Je n'en suis plus vraiment sûr…

Et puis ma voix s'est tue, rapidement, après un dernier regard sur le bleu du ciel. Les yeux clos, je ressens un certain apaisement…Déjà presque mort, se joue sur mon corps une drôle de musique. Celle de mes bourreaux, bien décidés à m'équarrir minutieusement.

Ces satanés diables rouges, tous cuirassés, salivant déjà de leur festin prometteur.

Je crois bien que je souris…

Que c'est drôle, pensai-je avant de sombrer… Quelques années plus tôt, c'est nous qui les mangions…

Mon chemin est le chemin

La vie me raconte des histoires,
Des virages de l'être,
De beau, de meilleur et ceux qui font mal.
Ce n'est pas un hasard mais le chemin que l'on choisit.
Inutile de tourner le dos.
Avec le temps, nous n'avons plus besoin.
Nos choix sont les conséquences de la mutation de
L'existence, celle que nous avons dessinée.
Même si l'on remet notre destin à d'autres,
C'est notre choix qui conduit les chemins et son écrin...
Il ne faut maudire que soi si la vie déploie des horizons perdus...

Mon cœur a faim de votre regard

O Seigneur, que vos saisons sont belles.
A chacune d'elles mon âme est reliée.
Je les entends chanter un chant dans votre ciel.
Il couronne ma tête misérable d'une lumière blanche.
J'apprends à travers elles le langage des fleurs.
Celui du règne animal, aussi.
Mais, O Seigneur, une question me hante :
Pourquoi rien, ici, ne me ressemble ?

Musique

Géant invisible, elle naît et pétrit sous un archet, une corde tendue, ou sous le coup d'une baguette. Langage en couleurs, supérieur, où toute la philosophie sensible répond, où toutes les vies se cultivent.

C'est une réalité qui favorise l'ascension de l'être profond, une harmonie des premiers temps, une géométrie parfaite des particules invisibles, un art qui suppose l'existence d'une dimension qui converse avec l'âme.

La musique nous permet de saisir l'objet d'une ombre, elle nous montre le dedans des sens, un soi plus grand où toutes choses se composent et ne nécessitent que d'écouter, entendre derrière l'instrument cette autre réalité devenue palpable…

My love

Mon temps...
Ma raison...
Mon horizon...
C'est le vent qui t'à conduite jusqu'à moi...
Chaque jour, je remercie le ciel,
Prie l'horizon pour qu'il te retienne,
Hier encore...
Je me perds dans tes yeux,
Sur le bleu des cieux...
Avec toi, je rêve d'hier et de demain...
De notre jeunesse, de néant, d infinis...
J'entends à chaque saisons nos cœurs, Même quand la pluie inonde nos yeux.
Mais je sais, comme le soleil brilleront les Chemins de nos vies.
Je n'éprouve aucune peur,
Nous gravirons la colline magique ensemble,
Et le temps des cheveux gris...
Hier encore, je me suis perdu dans tes regards...
Toujours demain, je nous retrouverai...
Jamais le temps n'aura raison...
Tu es mon temps, ma raison, mon horizon...

Nous sommes Légion

Parmi tant d'autres elle est sortie de terre.
Elle était nous, elle était vous. L'espèce humaine…
Par myriade elle remplit le monde
Comme les nuages le ciel
Un souffle léger, alliant puissance et majesté.
L'éveil nous conduit aux confins de nous-même,
Mais l'humain prisonnier de la matière est un esclave au
Bord du doute.
Le pire ennemi n'est pas celui que l'on croit.
Nous l'apprenons bien assez tôt,
Notre monde s'est écrit avec des mots d'homme,
Nous n'en sommes que les gardiens les plus célèbres,
Seulement les braconniers souverains de ce monde

Ombre Blanche

Chaque jour, le visage émacié sans splendeur, il allait rendre hommage à la rue, marraine de ses malheurs. Chaque soir qu'il vivait le rendait amer, le déchirant un peu plus chaque fois d'illusions.
Rejetant de son esprit les regards qui s'étaient posés sur lui, c'est le cœur crevé qu'il se réfugiait sous des tonnelles improvisées pour braver les nuits glacées qui brisaient ses dernières forces au quotidien.
Il était devenu un jeune vieux dans la rue, à demi noyé par les préjugés des hommes qui le laissaient plongé dans la plus grande des solitudes, anonymat abominable, et par la tyrannie des vents furieux, réclamant une vie, la sienne ou celle d'un autre – quelle importance ? Le vent n'avait pas d'yeux !
A la tombée du soir, il voyait ses doigts frêles gagnés par le bleu, réussissant péniblement à retenir la vie chaque nuit... Et toujours autour de lui les vents susurraient cette même rengaine de louanges d'adieu. On aurait dit une main invisible, tourbillonnante, qui souhaitait l'emporter, des ergots gigantesques, qui sans cesse le tiraillaient dans un baiser glacé, qui à force de douleur et de meurtrissures lancinantes brulaient sa dernière lueur...
Habitué à la froideur des passants, il devait endosser aussi celle du ciel.
Une nuit, il ne chercha plus à s'en soucier. Il n'avait plus aucune illusion.

Le monde le considérait encore plus mal qu'un chien errant, l'ayant abandonné à un univers qui n'était plus celui des vivants.
Il s'était laissé doucement apprivoisé par les caresses des vents glacés, qui à force de lui répéter ces espoirs déçus et ses promesses de louanges avaient fini par le faire céder, sans plus offrir aucune résistance. Il s'était donné, comme un amant fatigué. Sans figure, il leur avait ouvert les bras, semblable à une fleur épuisée se laissant cueillir.
L'image pour lui était moins belle. Elle avait le goût des immondices et des rigoles, acceptant la ruse qui rappelle au silence.
Aux premières lueurs de l'aube, quelques voix seulement se sont élevées. L'une d'elles, raclée a craché : il est mort !
Et c'est tout ce qui fut dit sur son compte. Il n'était rien aux yeux des passants...
Des badauds silencieux virent une ombre blanche s'échapper de ce corps couché.
Pourquoi fallait-il que ce soit maintenant qu'un regard le couronnât ?
Dieu l'avait arraché de son enfer des vivants. A présent, aucun esprit tyran ne le toiserait. C'en était fini, enfin, pour cet homme, d'être l'esclave des trottoirs dans le vent.
Un ange lui avait soufflé de s'en aller.
Partir, gagner le plafond d'étoiles qu'il scrutait sous le regard de quelques passants, restés là campés sur leurs

Jambes lourdes de critiques muettes, ne sachant pourquoi ils étaient cloués à l'asphalte, usés de misère, le regardant encore…
Peut-être ne voulaient-ils pas l'abandonner complètement aux siffleurs du matin ?
Comment savoir…
On aurait pu imaginer leurs têtes devenir grises, et qu'une idée de la justice divine germait en eux. L'ombre blanche habitait leur esprit, et tous se signaient, priant pour leur âme d'être pardonnés.
Puis levant les yeux ils virent le spectacle maudit de l'arène qu'ils formaient autour de lui.
Dans le dernier souvenir qu'ils garderaient de lui, ils emporteraient l'image de la croix que formaient ses mains.
Ils laissaient là, sous une pluie naissante la fragile silhouette de cet homme sans nom, qu'une averse d'huile convoitait
Et chacun regagna sa demeure, dans un silence de lucarnes, où déjà chacun, sans peine commençait à l'oublier…

Poètes de l'Aventure

Nous descendons des hautes îles blanches.
Parmi les paysages étendus des rives,
Qui se jettent sous la ligne virtuelle de la fin des terres.
Au détour d'un estuaire, le décor originel surgit,
Racines profondes, ouvrant ses bras si larges,
Que l'imagination nous entraîne dans sa houle,
Pour d'autres rives, d'autres distances,
D'autres instances…
Tant que la terre sous nos pieds est absente,
La mer dessine notre cercle.
Comme des Robinsons, nous regardons l'immensité,
Le ciel chargé d'oiseaux peints en blanc
Qui sans effort s'abandonnent dans un silence obséquieux,
Arrangeant leur effraction dans cette moiteur en suspend
Lourde d'une chaleur aux parfums d'aventure.
Ils imprègnent de leurs danses en farandole,
Les mille routes du vent…
Nous les amants fortunés, riches d'images.
Nous composons avec cette œuvre dantesque,
Emportant à jamais dans l'esprit ce fragile paradis.

Regarder sans juger

Sans croire détenir la vérité,
Voir le monde avec humilité,
Chercher la sagesse et le courage d'exister sans
cupidité, N'accompagner aucune haine
On ne peut aimer autrement...

Requiem pour ces derniers nomades

Ces Princes des Sables qui ont façonné notre imaginaire
Et rêver notre enfance
Dévoilent l'impromptu inattendu en nous
Nous séduisant par leurs connaissances
Et leur hospitalité
Chaque arbre les reconnait,
Jusqu'aux étoiles piquées dans le ciel
Ce sable les entraîne à se perdre au voyage,
Comme les rubans de leur chèche qui emporte le temps
A mesure qu'il passe...
Leurs yeux, alchimistes, transforment le désert en
Trésors et les conduit la nuit, où ils font s'élever le feu,
Grimoire de leur mémoire
Et avec lui l'héritage de leurs ancêtres des flammes,
Comme dans la nuit des premiers âges...

Temps Perdu…

Une trace de sabots dans l'eau,
Me conte ce qui n'est plus,
Le souvenir trahi
Donne le rêve d'un passé à mon âme malade
Et remplit mes bancs vides de toi
Je sais que tout s'enfuit et ne se ressemble pas
Ma quête me tient dans l'angoisse paralysante
De passer la muraille ultime du temps
Et tous ceux qui prennent en considération
Tout comme moi
Que nous n'existerons plus
Sont à la recherche du temps perdu
Nos yeux lucides décharnent l'abime
Que nulle lumière ne saurait éclairer…

Terre d'Afrique

Un vent fou jouait encore dans les branches du vieil arbre tordu.
Il a vu tant d'hivers et d'étés radieux,
Tant de fois sous ces caresses j'ai rêvé,
Quand ses feuilles me racontaient mille et un passés…
Sous le vent elles bruissaient tout d'amour lié,
Elles déroulaient leur tapis vert,
Qu'elles donnaient au ruisseau,
Des diamants échappés du cerceau d'or,
Rubans tendus par les cieux,
Trésor royal comme une douce aquarelle.
Son vert émeraude acidulait mes yeux,
Replongeant mon être dans une alvéole d'enfance.
Un coin de paradis qui me chantait l'amour,
Dissout dans le pli des feuilles velours
Jusqu'à son parfum évaporé,
Sous les traits d'un oiseau bleu
Epousant les couleurs du ciel,
Et portant en écharpe un poème.
C'est un petit nuage vagabond,
Qui me rappelle ce grand ciel cette terre ocre,
Terre d'Afrique, à qui je dois tant...

Toi mon amour au pied de l'arbre de vie

Dans des eaux aux ombres fugitives se réfléchit notre amour.
Notre âme et la force dans l'infini mystère de nos cœurs.
Là, un bruit de foudre s'est fait arche de feu.
Il a voyagé avec le vent, et touché l'abîme vermeil,
Sans rideau à tirer.
Sans peur de l'ombrage, j'ai laissé la foudre onduleuse
Briller au bord de l'aurore,
Où l'amour ouvre ses yeux au matin sous les pieds des
Etoiles dans l'infinie immensité.
Assis sous un vieux chêne, je regarde ce divin asile,
Ce miroir où l'amour s'est endormi.
Je visite ses bords et écoute son doux bruissement.
Le hasard a planté tes racines en moi,
Sous le bois d'un arbre qui ne meurt pas.
Le fléau sur l'argile n'a plus d'instrument pour briser le
Sillon de cet amour.
Je sors de mon rêve, j'ouvre les yeux et je te vois,
Toi mon étoile du matin qui resplendit.

Tout est Blanc Dehors

Neige éternelle, étincelant diamant
Sur les sommets d'un couchant
Lumineux joyaux s'écoulant en rivière
Parmi les embruns, tu danses de-ci de-là.
Un ciel blanc passait par là
Et s'abandonnait au songe, semant en te voyant
Son immense couronne féconde sur tes palais d'argent
Tes trésors célestes voyagent
Des monts sacrés des cieux,
Aux croisées des chemins calmes
Jusqu'à fouler l'abîme des forêts…
Il neige sous leur feuillage caché
Dans les plaines, à leurs pieds tu déposes tes trésors.
Voilà qu'à présent, je me perds dans cette aurore,
Où terre et ciel se rejoignent.
Autour de moi, tout est blanc.
Dehors, il neige d'étincelants diamants…

Un matin triste au goût de cendre

En regardant par la fenêtre, j'éprouve l'envie.
J'ai allumé une chandelle pour éclairer les ténèbres
Je me suis enfermé pour ne point pêcher encore...
J'éprouve des désirs de martyriser mon corps
De le déchirer avec la discipline de ceux qui ont souffert.
J'ai refusé à mon âme d'aimer au dehors,
Je n'avais jamais réalisé qu'il y avait autant de choses à voir...
Depuis que je ne sors plus
J'envisage aisément mon visage triste
Dans les reflets des vitres emprisonnés de ma fenêtre
Comme j'aimerais réparer en plaisir mes offenses,
N'éprouver plus ce besoin de pénitence.
« Mais ma vie consiste à souffrir... »
Derrière mes vitres j'attends... « Qu'importe ! »
Un autre matin triste, au goût de cendre.

Une nuit de Noël

Un brouillard habitait la ville,
Le froid téméraire fouillait avec minutie,
Les humbles ruelles et les âmes au cœur sec.
De pauvres gens reposaient sur le silencieux plancher des rues, pupitre des rats, témoins, partageant leur chambre sombre sans porte.
Pour seul toit, ils avaient celui du Monde.
Personne ne les pleure ici-bas.
Nos yeux sur eux glissent,
Sur le fantôme de leurs mains bleuies,
Un linceul jeté trop tôt par négligence de l'existence « Sans doute ? ».
Sur leurs visages ne s'inscrit plus celui des hommes,
Et dans leurs corps ne git plus que le cadavre trahi par la vie…
De ma fenêtre je regarde ces hommes couchés dans leur lit, dégustant jusqu'à la lie leur breuvage assommoir à bon marché eux qui n'ont pas servi l'avarice.
Dans les replis du cœur, j'entends leurs bruits mariés à Celui des rats, fouillant le vide de la ruelle, du pavé fatigué au bord élimé, comme pour ménager leur peine.
Un semblant de confort dans leurs mains, perdu d'avance…
Comment peindre un sentiment dans une larme,
Qui retient une longue histoire au fond de leurs yeux
Délavés, décharnés d'illusions ?

De leur regard s'écoule les glaçons en larmes.
Devinant déjà leur peine prochaine,
Ils n'écrivent plus leurs pensées…
Ils se tuent en sommeil et font taire l'enfant qui vieillit.
Même endormis, ils continuent à trembler,
Et le démon en eux se mélange…
Mes genoux sous moi se dérobent
Quand les Anges marmonnent-ils à l'aveugle qu'un jour ce funèbre langage cessera ?
Au même moment :
« A table, le dîner est servi ! »
Crie une voix échappée d'une fenêtre mal refermée.
Une mère de famille qui invite ses enfants impatients,
A passer à table, pour déguster la belle dinde,
Bien trop grosse pour eux…
Dans le noir froissé de la ruelle un contour pâle m'est Apparu :
« Le spectre d'un cadavre relevant son visage émacié »,
Je pouvais presque le voir pleurer…
Dans ma gorge nouée, je ne trouvais pas assez de force,
Pour racler les quelques mots coincés par la culpabilité,
Mon regard entourait sa peine en vain,
J'ai tenté de marier sa peine à mes yeux gênés,
Mais la force et le souffle nécessaire à cela m'ont manqué.
Je n'ai pu projeter mon regard complètement dans celui de l'autre
J'eu le temps d'observer seuls ses traits vieux et solitaires, avant qu'il n'embrasse à nouveau le noir.
Créature de Dieu, faite d'argile qui comme moi danse,
Animée de feu

Le cœur coupé, j'implore le ciel de me pardonner…
J'ai recouvert d'un couvre-chef ma tête mal plantée,
Dans mes épaules trop fortes,
Et j'ai rejoint ce sillon de misère étroit,
Dans ce bras sculpté par les stigmates où saigne le soleil, parfois érodé comme un grand canal emportant leur lumière…
Un clou au cœur, le falot à la main, je quitte la grand-rue.
Je pense à ces hommes seuls au milieu des fous,
Le teint blême je m'enfonce dans l'horizon borgne,
Et je me dis :
« Tout ce qu'on a aimé on finit par le perdre,
Tout s'en va, tout bascule quoi qu'on fasse… »
Couchées sur leur soleil noir,
Les statues lugubres restaient sourdes à la lumière du falot, que je donnais
« Ils sont fort malades, » me rassurais-je,
Dans ma demi-opacité.
Le malheur depuis longtemps jouait sur eux,
S'exhalant à mesure que le temps passait…
Ce soir, le ciel créancier a réclamé leurs noms.
Autour d'eux mes pas étaient vains,
Ce soir, je les aimais à perdre la raison,
« Tout entier ils sont partis par la grande porte sans nom ».
Je n'ai pu retenir leur flamme.
Je n'ai pu réanimer la mort qui portait des gants glacés.
Sa caresse trop familière a charmé ces hommes,
Et ces rats couchés sur les pavés gras,
Dernier Noël blanc sur ce parterre,

Accouchant d'un oiseau noir,
La Grande Faucheuse a coupé leur file.
Sous les flocons naissants,
Dernier noël sur la pierre des hommes
Le Seigneur a réclamé leur image
Aux cieux le cortège d'horreur s'enfuit en silence,
Après un dernier râle du vent,
Qui emporte jusqu'à la dernière chaleur de ces lieux.
Mes yeux à présent trainaient une lourde chaîne reliée à
Ma tête, que je relevais comme pour crier l'œuvre
meurtrière enragée des hommes
Mais…
Ma tête aussitôt retomba, silencieuse,
Au milieu de ce charnier autorisé…
Puis à nouveau des voix en fête s'échappaient des
fenêtres.
« Des rires d'enfants, je crois…Un noël ordinaire pour
Eux ».
Savaient-ils que l'on pouvait mourir ce soir-là ?
Sans doute pas…Quoi penser ?
Cette ruelle, ils ne la prendraient jamais,
Jamais ils ne remarqueraient, et pourquoi…
La gelée blanche partie du théâtre des étoiles allait
tomber à mes pieds à présent engourdis par le froid.
J'observais lentement ce manteau blanc rogner le gris
Aveugles des rigoles.
« Il écrit la fin de leur histoire, demain leur misère aura
la couleur d'un gant de laine trop pure… ».
Je saignerai toujours d'une éternelle plaie

Mon cœur meurt un peu, aveuglé par le roulis de larmes

Glacées inutiles sur mes joues
Ouvrant plus large ma blessure...
J'ai sorti alors de mes poches cinq pièces d'argent
Que je déposais dans le creux de leurs mains restées
Entr'ouvertes
Ma voix étouffée lâcha ces quelques mots,
Qui allèrent mourir au milieu de cette pluie de flocons
Etincelants :

« Ce soir vous fêterez votre Noël, messieurs...
Ce soir, vous dormirez tranquilles. »

Au-delà du connu

L'esprit, a le pouvoir de tous les récits,
N'a aucune loi du réel,
Empreinte des mélodies qui traversent tous les déserts de l'imaginaire, vous entraîne au pied des géométries invraisemblables,
Et vous installe sur l'esplanade de tous les possibles.

Avec la lecture

J'ai foulé cette terre,
Où la littérature écrit les plus grands voyages de l'esprit...

Bars, mon théâtre

J'ai connu mille résurrections,
Mille rêves glissés dans les abîmes d'un verre,
Dans l'enfer et les paradis,
Dans les brumes de cigarettes,
Plongée dans la poésie de la vie,
Dans les yeux clairs de gens usés,
Dans la jeunesse insouciante,
Riant, refaisant le monde au milieu du bourbier.
Je regarde cette humanité qui gesticule depuis des lustres.
Autour de mon verre,
Je voyais le bal des voitures devant l'Elysée.
Des convois de contrebandiers au sang-froid,
Qui a dessein, cultive l'infini noirceur,
En cultivant notre pauvreté jusque dans les villages les plus reculés,
Expulsant notre esprit aux frontières des lois.
Moi, en face, je contemple tout cela du fond de ma chaise,
J'entends leur verbe haut s'élever avec insolence,
Et franchir le pas de la porte du bistrot depuis longtemps...
Aux alentours de moi, des rêves partagent de la musique,
Qui balayée à l'horizon,
Emporte par le vent des rêves et des colères perdues.
Dans l'univers des bars et des bistrots résonnent des Millénaires d'opinions,
De révolutions avortées et des histoires d'amour,

Sans lendemain,
Des oppositions estompées.
J'ai tant entendu de gens raconter leur vie,
Parfois la mienne et quelques fois gémir alors qu'ils
N'ouvrent pas la bouche.
Je vois dans l'imagination de tous ces êtres comme des
Artilleurs armés de certitudes,
Portant l'assaut contre les tyrans intouchables.
Et dans mon verre fini de résonner le bruit des glaçons,
Qui ne tue que son ôte et ses rêves,
Emportant les convictions jusqu'aux latrines et les
Murmures iront mourir sur les lèvres d'une statue,
Qui orne les rues,
Qui gardera tous les secrets suspendus dans le temps,
Que d'autres révolutionnaires décrocheront dans une
Prochaine révolution des silences...
« J'en ai fini pour ce soir, car mon verre est vide comme
Mes discours envolés dans un éphémère soupir ; je
quitte le Bistrot dans la grandeur et la misère du
monde ».

Casser la téloche !

Propagande des fous qui crée des coques vides,
Hypnotisés sur les ondes dessinant des mondes de
Naufragés...
Des Esclaves aux horizons délavés,
Des automates aux jambes entrecroisées qui habitent les
Canapés, tuant toute envie de se réaliser,
S'érigeant des herses contre la vie, s'enferment dans des
prisons sans barreaux...
Casser la téloche !
A méditer quand l'on voit le monde des crépuscules
Eteindre la lumière sous les pieds des condamnés...

J'ai vu ces chiens…

J'ai vu ces chiens perdus hurler la guerre,
Comme une voix, comme une ombre,
Leurs gémissements, dans le théâtre des morts,
S'élevaient…
J'ai vu les chiens souillés de sang,
Ces hommes politiques comme la merde s'étaler dans
L'esprit des armées.
J'ai vu leurs blessures dans l'âme criée,
Qu'ils cherchent à sauver en arrachant la vie des
Désespérés.
J'ai vu la vérité dans la fureur,
Et les cris dans tous les drapeaux ;
La mort ravagée jusqu'au bout des fusils,
Et dans leurs mains ouvertes, des applaudissements
Résonnés,
Perdus dans leurs rires,
Emportés jusque dans les sentiers des condamnés ;
Où matin et soir, toujours les mêmes fugues par l'esprit,
Cherchant à s'évader…
J'ai vu les chiens perdus hurler leurs crimes à la télé,
S'exalter de leurs péchés,
Prêts à souiller de leur propre sang les visages,
Sans mal briller.

C'est l'hiver là-haut

Les nuages, la neige, le mauvais temps malmènent l'air,
Entre les bras des arbres,
Leurs branches en colère déversent sur les montagnes,
Leurs pommes de pin,
Où de gros oiseaux dansent sur le vent froid.
Au loin, l'horizon regardait les vallées enneigées
Se perdre dans les murailles de lumière,
Où baigne le massif blanc.
Le ciel s'épanouit au-dessus des cimes,
C'est l'hiver là-haut...

Ceux d'un autre monde ?

Je marchais, les cheveux collés sur le visage, perdu dans La forêt perdue.
J'ai levé les yeux au loin, aux pieds des arbres, une colline jouait avec les nuages...
C'est là, entre mes bras froids que je me suis réveillé, ou plutôt pris conscience d'où je me trouvais.
Un monde végétal tout autour de moi, alors que je me trouvais dans ma maison à lire un livre.
Pourtant, tout à fait éveiller, conscient, la nuit était déjà tombée depuis plus d'une heure...
Et pourtant, mon regard s'irisait au monté du soleil !
Une lueur verticale gagnait la Canopé qui s'est mise à briller comme une émeraude sous l'éclat de cette lumière blanche, elle disparut vers l'est.
Tout en marchant, des flashs me parlaient de visages étranges, aux silhouettes fragiles, ils m'invitaient à rester calme, mais j'étais poussé par la curiosité, mais mes paupières étaient alourdies, j'entendis un long grondement, puis un bourdonnement, une sensation de froid, d'un métal sous mes pieds puis sur tout le corps...
Des ombres patrouillaient comme des soldats, le tout dans une ambiance opacifiée par des jeux de lumières vives, de sensation de vitesse.
Des murmures, des picotements comme une force électrique, puis dans un silence absolu, des yeux profonds et noirs m'envahirent ...

Dans une énergie cosmique, comme si un univers rentrait en moi ...
Baigné dans un fluide, j'ai traversé rapidement une atmosphère cotonneuse, presque irréelle...

Un silence,
Au premier abord tout fût suspendu...
Puis je me suis retrouvé à marcher, dans une certaine inconscience avec cette impression de filets d'air divergents, des larges feuilles dansaient dans ce monde émeraude où aucun oiseau ne chantait...
Lentement, les bruits refaisaient surface dans la forêt perdue...
Je ne dis rien de plus, n'ai-je vu que des ombres d'un autre monde ?

Ceux qui ont peur

De découvrir qui ils sont vraiment,
S'arrêtent au seul reflet que les miroirs renvoient.

Combien d'hommes ?

Combien d'hommes pour effacer le monde ?
Combien d'éponges pour effacer l'horizon ?
Combien de temps pour vider l'océan ?
Combien de temps pour ne rien retenir de l'histoire ?
Combien d'entre nous poursuivrons-il encore le néant ?
Combien de vivants sous les décombres après lui ?
Combien faudra-t-il de fossoyeurs pour sauver
L'humanité ?
Combien d'hommes à venir avant la fin des temps ?
Combien en restera-t-il pour comprendre ?

Dans une nation libre

Où il n'est pas permis d'avoir des esclaves,
Les plus sûres richesses consistent à pouvoir disposer
D'une multitude de pauvres laborieux.

De l'autre côté du miroir

Secret perturbant.
La luminescence irradiait la campagne.
Le monde semblait arrêté.
Mon horizon ouvert à l'immensité.
Autour de moi, une nature exacerbée.
Un ruban lumineux blanc fouillait le silence.
Je restai là comme une barre solide, campé sur mes pieds,
Découvrant un univers inconnu, une évidence.
Il est indéniable que le jour suivant ma conscience ne serait
Pas la même.
De ce mur de lumière sortit une ombre,
Un regard qui contenait toutes les galaxies…

- *D'où vient-il ?*
- *Qui suis-je dans ses yeux ?*

Dans la lumière de la nuit se jouait notre passé,
Notre avenir.
Toute explication était inutile.
Il n'y a aucune vérité ni mensonge.
De tout temps, on entend ces histoires parmi les hommes.
C'est à vous, maintenant,
De découvrir qu'elle est notre histoire.
Dans l'immensité de ce ciel,
Débarrassé de brume et de nuages,
Où des milliards d'étoiles racontent chacune,
Une existence différente.

Des animaux et des hommes

Nous avons acquis cinq sens et nous sommes pauvres
devant l'animal,
Qui jouit de sens plus nombreux,
Préférant rester moins cruels et destructeurs.
Nous avons dominé le monde pour en créer un plus laid.
Nous avons plongé nos semblables dans des univers
Silencieux,
En imaginant quatre murs pour enfermer tous ceux qui
Déplaisent aux hommes de pouvoir,
Les privant de lumière et de liberté.
Par nos frustrations, les animaux sont devenus nos
souffres douleurs.
L'homme est une créature faible face à la nature,
Doué des plus grandes vulnérabilités ;
C'est pour cela qu'il envie l'animal qui affronte toutes
les forces physiques de ce monde.
L'homme est une pauvre bête mais ne l'avouera jamais
.

En pleine tempête du progrès

L'homme marche contre le vent.

En quête de sens

(Re) connexion
...Une invitation au voyage.
Une échappée clandestine vers des infinis de tous les Fantasmes...
Naître libre dans la tête et ne pas vivre libre ?
Être en quête de sens, c'est vouloir n'être l'esclave de Personne et être libre de tout...
N'avoir dans les yeux que le bleu de la vérité et les yeux de L'océan...
Le cœur s'en va dans le reflet des écumes qui bercent les Iles lointaines...
D'immenses pays parés de mille couleurs qui font chavirer L'oiseaux,
Et naufrager les âmes Robinson,
Jusqu'à garder les cœurs en son paradis...

En regardant tout l'univers

Et son autorité sur les hommes,
L'on se sent comme oublié sur une île déserte, égaré,
Incapable de reconnaître dans les ténèbres impénétrables,
De quel recoin de l'univers l'homme est-il venu ?
On sent alors son néant face à l'immensité.

Entre les lignes

Des messages cachés ?
Des mots perdus ?
Des gouffres au millier de cadavres ?
Entre les lignes s'écrit, s'écoule l'histoire du temps,
Entre les lignes, des mots et des guerres ont accouché des hurlements et des rires…
Entre les lignes résonnent la conscience des hommes,
Le printemps et l'automne, pour un dernier râle, sur le lit blanc de l'hiver, venant.
Et les limites qui définissent nos certitudes.

Être libre

C'est vivre à sa guise,
Sans être soumis, ni soumettre les autres.
Ne pas commettre d'injustice,
Ni éprouver le désir des pouvoirs,
Ne faire l'objet d'aucune convoitise,
Qui entrave les libertés d'autrui.

Fait divers

C'est la folie de certains hommes,
Qui dérisoire, aiment à donner du tragique pour vendre
L'orchestre aux fous....
Si l'on regarde la forêt de l'humanité,
Seuls quelques arbres sont malades.
Pourtant, l'esprit de ces hommes ne retient que cela,
En oubliant la généreuse forêt où pousse la lumière.

Le HLM

Assis à côté de la fenêtre,
J'entends sur le village des racailles, le bleu des étoiles,
Je vois le 38 briller dans la pénombre,
J'ai le poil qui s'hérisse quand je lis sur les lèvres "mort aux flics".
Alors que j'aperçois un képi au travail à cogner avec le
Cœur sur un môme couché sous la pluie...de coups !
Un amour inoubliable entre ces deux amoureux,
Qui ne savent pas comment se dire je t'aime.
Je vis sous mes yeux une éphémère idylle entre grandeur et misère du monde...
Moi à côté de la fenêtre, j'esquisse cet univers blessé,
Qui brille comme le ver luisant.
Ce que je retiens de tout ça.
Le cœur crevé face au narratif en ombres chinoises,
Ce sont les crimes des politiques...
Des bourgeois qui Park laubier des sociétés,
Au large des demeures ostentatoires,
Dans les mondes perdus qu'ils nous ont offerts...
J'ai envie de dire, merci.
Merci, messieurs les criminels,
Merci de nous aimer avec tendresse...
Nous les peuples, à travers les pauvres terres sans
Splendeur, coincé entre le marteau et l'enclume,
Où résonne le son des sirènes,
Et sifflent les cailloux volants,

Qui se posent avec délicatesse sur la peinture des autos…
Merci pour tout ça, pour tous ces poètes qui s'agitent dans le noir…merci…

Ici commencent les portes de l'étrange.

Tout le monde en a discuté,
Le sujet reste tabou.
Voilà pourquoi je ne dirais pas son nom.
Vous découvrirez un monde étrange,
Où l'étrange n'est pas celui qu'il y paraît.
C'est une chose qui concerne les hommes de tout temps.
Ces choses apprivoisent le mur de la lumière,
Et connaissent le temps.
Ce sont des œuvres de fiction, qui se dérobent à nos yeux, qui écrivent notre histoire sans espoir.
Ils sont maîtres et souverains du vide qu'il traverse,
Comme une ombre sans substance disparaît.
Empruntent des chemins perdus dans les étoiles,
Dans le fleuve des galaxies,
Explorent des mondes inconnus jusqu'à atteindre une étoile scintillante de bleu,
Pour y découvrir un asile d'aliénés,
Des êtres étranges par légion,
Qui fragmente la terre et construit des prisons.
Ici, pour eux, commence les portes de l'étrange.

Idole

Religion, bourgeois, industriels, politiques et stars,
Dont on ne sait quoi,
Sont pour moi, l'opium des peuples soumis au suzerain.
Les frères vassaux aliénés pour leur ressembler,
Leurs sœurs prostituées pour accéder au firmament des Chimères,
Une bête hideuse qui a le goût de la trahison des plus Grands poisons…
Le monde devrait tourner le dos à cette farce,
Mais ce peuple a besoin d'idoles, de rêver…
Même s'ils doivent payer de leur liberté,
Au sens propre comme au figuré.
Certains ont la faiblesse de vouloir croire en un culte,
Il est impossible pour eux d'être leur propre maître et dieu.
Alors, ils s'adonnent à la pantomime,
Et décident d'offrir leur vie aux dictateurs de l'esprit.

Il faut admettre que l'on ignore tout.

Pour principe que rien n'est acquis,
Qu'à toute chose, notre logique ne s'applique pas,
Que les inconnues sont grandes,
Et se tourner vers la thématique que tout renaît à jamais,
Certitude et incertitude,
Que l'on doit respecter à la moindre chose,
Comme à la plus vaste,
Pour ne rien sous-estimer...

J'ai lu un million de livres

Je n'ai rien retenu.
J'ai tout compris, je suis surpris.
Je suis arpenteur de la vie.
Je demande à comprendre où vont mes pas.
J'ai attribué de façon erronée,
Qu'avoir la connaissance, Donnait l'intelligence.
Je ne suis pas plus avancé.
J'en sais autant.
La vie n'obéit pas à ces critères,
La vie se gagne dans la peine,
Je l'ai appris,
Et si l'on est juste,
On réussit à être un homme sage et à exister.

J'ai vu... La victoire

J'étais de tous les combats...
Dans chaque pensée qui traverse notre corps.
J'ai vu des jets de pierre, pour que commence la guerre,
Et j'ai prié, pour les sacrifiés qui contribuent à "la Victoire".
J'ai vu l'arche glorieuse au rivage de sang pleuré,
Et les religieux prier encore...
J'ai vu la guerre à la lisière de la paix se perdre,
Pour servir le diable,
Et entendre les anges chanter sur l'âme des commandés...
J'ai vu la victoire au faux étalage nous montrer l'arène,
Où les batailles se gagnent avec les morts...
J'ai vu le remède qui viendra,
J'ai vu les fusils qui tueront ceux qui restent...
J'ai vu la mort, l'éternité et la paix...
J'ai vu la victoire et la guerre enterrée...
J'ai vu...

Je lance une FATWA

Contre les gouvernements,
Contre leurs mensonges,
Leur intérêt pour dominer davantage,
Contrôler toujours plus le vilain peuple pas assez servile…
J'ai vu le miroir de leur nature,
Un monde sans poésie où les libertés sont maudites ;
Tuant dans leur complot les courageux condamnés,
Qui ont voulu parler.
Je vois les peuples se plier comme le peuplier,
Et tout accepter comme les chiens en laisse,
Prêt à bouffer dans les poubelles si on le leur demandait !
Politique, l'air criminel, prostituée aux industriels,
Aux bourgeois de grandes familles,
Rompus aux pires bassesses pour briser le pauvre bougre,
Qui creuse le tombeau chaque jour un peu plus...
Sous le regard des "descendeurs"...qui abattent les libertés
Quand disparaissent les rebelles…
Plongeant l'homme dans la pénombre,
Eclairée par la haine…
Un jour, à force de briser les chiens, on trouve la rage,
Les crocs féroces de la révolte.

Je songe parfois

À l'éducation qui soumet les peuples,
J'entends parfois l'histoire de leurs prisons résonner en Moi.
Je me fais complice de l'injustice,
Qui se réclame de leurs âmes.
Je songe aux riches,
Qui infléchissent les opinions des hommes qui,
Par millions, obéissent.
Je songe parfois à cette humanité rétractée à toute
Exigence qui ne lutte plus d'aucun côté.
Ces hommes capitulés au mousquet vide,
Où leurs paroles ne portent que dans la poudre,
Se déclarent dans les guerres,
Ne tuant que leurs ombres,
Sous les rires des Crésus fous qui applaudissent.

J'entends

Comme les fleurs dans les lumières du soir,
Nos âmes privées de couleur s'endorment dans le soleil de la nuit,
Qu'une lune éclaire pour nous montrer l'aurore,
La beauté des couleurs qui s'estompent à nos yeux,
Qui s'endorment doucement dans le bruissement des Arbres…
Au matin, j'entends le chant du vent au bord du vide,
Qui emporte les grands rapides,
Où s'envolent les fleuves géants sous les ailes des Oiseaux…
…Et j'entends ce que la vie a de beau à nous offrir.

J'étais une fillette.

J'ai appris à ne pas être esclave de mes peurs.
Éviter les désirs et les craintes, soumis au regard d'autrui.
J'ai découvert en moi la guerre,
En moi, les colères,
En moi, la fragilité,
En moi, une misérable infortune, héritée de mes parents,
Qui m'ont laissé incapable de me découvrir.
J'ai cherché l'enfant en moi,
Pendant que la vie volait mon enfance...
Perdue dans l'arène du temps,
J'ai dû être une femme trop vite,
Alors que l'enfant en moi n'avait pas encore vécu ...
J'étais entré dans le voyage de l'inconnu.
J'y ai perdu mon cœur et ma lumière.
Je me suis usée comme on use une pierre.
J'ai éprouvé des infortunes qui m'ont élevée,
Qui m'ont aidées à m'accepter,
A oublier toutes les solitudes de mes peurs...
J'ai appris à connaître les sentiments pour être mieux,
A accepter la vie et ses sourires pour être heureuse.
Aujourd'hui, j'apprends à ne plus tomber.
À avancer sur ce chemin vers le mieux pour moi...

Jour de guerre

Joue contre joue,
La peur et moi grandissons ensemble,
Elle m'est fidèle,
Jamais elle ne m'abandonne.
Quand je pleure, elle en fait autant autour de moi,
Elle marche avec moi au milieu des cadavres exquis de la Guerre.
Elle sent les crimes, les rêves et les cauchemars.
Elle pue la trouille.
Comme le ver qui transperce la pomme, elle mange le fruit, et rend l'esprit liquide.
Même en fermant les yeux,
On voit l'étrange spectacle des corps embrassés la terre,
Et on espère que demain, on reverra la mer...

La bouteille à la mer

Repêcher par les eaux,
Cette bouteille porte un message.
Elle est comme un radeau pousser par les vents,
Jouant avec l'immensité comme un amiral sur son bateau.
Un Christophe Colomb qui cherche la terre,
Perdu dans le crépuscule.
Elle vogue avec la lune et en fait son amante,
Comme les gens de la mer sillonnent le ciel à l'envers.
Cette bouteille, comme une goutte d'eau dans l'océan,
Renferme un secret, que l'on ne sera jamais.
Elle ne fera pas escale…
Elle s'endormira dans le cimetière marin ;
Et disparaîtra à jamais dans l'abysse des grands marins,
Perdus en mer...

La gentille araignée

Sur son fil, dans de drôles de mélodies, dans l'ombre
tapit, rêve d'insectes maladroits.
Comme une équilibriste comique court sur les archers,
Qui brillent dans les reflets obliques du soleil,
Ses pattes tricotent dans l'infini de jolies soieries,
Pour habiller les malheurs,
Qui plongent dans son rideau étroit,
Pour le dernier baiser offert par une veuve vêtue de
noir…
La gentille araignée,
Au milieu des ombres élastiques,
Murmure à la triste captive, le dernier chemin de sa vie,
Et dans l'ivresse de l'aube,
Une auréole s'évade sans colère, sans bruit,
Presque joyeuse…
Son âme quitte les ombres tragiques après le crime…
La gentille araignée retourne au fond du chemin creux,
Sur les cordes qui vibrent et s'endort...

La glace des pôles

Elle est le bleu du ciel perdu dans l'océan,
Calme et majestueuse,
Elle réfléchit la beauté et la colère,
Sa puissance et sa faiblesse.
Devant elle, on découvre le silence et la fureur.
L'homme devient humble devant sa lumière et par sa paix.

La goutte d'eau

Ronde comme un astre,
Bleu et transparente comme l'océan des étoiles,
Ils s'évapore dans les cieux et fait pleurer les dieux.

La guerre (1)

La guerre objet qui méprise la vie pour celui qui la crée.
Dans le pouvoir, on trouve le maître des esclaves.
La liberté n'existe plus pour l'homme qui ne désobéit pas, quand vient l'heure de la captivité qui fera de lui l'esclave.

La guerre (2)

La guerre instrument furieux,
Qui nourrit l'écume du désespoir.
Elle fait des promesses de vie meilleure,
Entre la terre et le ciel,
Et n'offre qu'un lit de cendre, la paix.
Un poète, c'est l'espion des mondes enfermés en nous.
Il a le pouvoir de la magie,
D'ouvrir nos rêves et nos folies,
Et avec génie, nous les content.
Le silence a t'en à dire,
Il est si bavard que l'on ne l'entend pas.
Il est comme la mort qui attend avec cri,
Toutes les âmes qui ont hurlées,
Ou qui se sont tues, sans jamais rien écouter.

La guerre (3)

La guerre instrument furieux qui nourrit l'écume des désespoirs.
Elle fait des promesses de vie meilleure,
Entre terre et ciel et couvre le lit de cendre, la paix.

La mer de nuages percés.

Dans les sommets, de grands aigles se bercent dans le lit
Du ciel, clé de voûte des dieux.
Je décris ma vision sur le dos des montagnes,
Sur la vague des brumes qui m'emporte sur les ailes d'un oiseau…
Je vole dans le ciel, partage le vent dans leurs plumes,
M'entraîne dans la mer de nuages percés,
Comme une flèche ressort au-dessus des neiges Eternelles…
Je plane au cœur des cimes, compte les étoiles,
Qui filent dans le firmament.
Je me sens comme la sève, essentielle à tordre l'horizon,
Sans limite dans cette embarcation céleste,
Je gagne l'immensité…

La misère et la faim

L'homme immoral a créé son fléau.
Certain bêche la terre pour gagner la vie d'un admirable bourgeois,
Qui obtient nourriture et pouvoir grâce à lui.
Non qu'il soit moins intelligent ;
Mais qu'il est de descendance issue d'une société perdante dans un lointain passé ;
Où quelques fous ont jeté les dés de la contrefaçon,
Et ainsi répandu la misère et la faim.
...Personne n'a songé à planter une pépite de sagesse,
Dans cette humanité.

La musique

Un éternel retour sur les notes de nos vies.
Apparu dans les lumières des étoiles, elles ont voyagé vers nous, immolant nos cours, écrivant les partitions de notre Histoire, libérant des ténèbres l'esprit embourbé dans l'Aube de l'humanité...
Qui accouchera de chefs-d'œuvre, éclaircira nos consciences et le monde à jamais.
La musique, un éternel retour... dans le jeu de nos existences.

Pensée

La pensée de certains est comme l'évaporation des eaux. Elle meurt dans les soupirs ivrognes, qui dansent dans les nuages.

La plupart des hommes oublis l'horizon

Employé à fendre la pierre pour autrui,
Se crèvent pour s'abriter.
Ne regardent pas par-dessus le mur qu'ils érigent,
N'ont pour l'horizon que l'ombre qu'ils s'offrent.
Un mur de pierre qu'ils ne franchissent jamais ;
De peur d'être libre et de ne plus gagner leur salaire,
Qui les taille en pièce,
Comme la pierre qu'ils taillent pour en faire un attelage,
Un sac de cailloux trop lourd pour l'emporter…
Alors, ils se résignent à marcher,
Et construire un mur de pierre plus grand encore,
Pour oublier l'autre côté...

La politique

La politique est un univers sans amnistie,
Où tous les hommes, devenus puissants par la force,
Soumettent les hommes.
Les plus grands orateurs dominent les foules,
Et tuent leurs jugements,
Anesthésie leurs opinions,
Et en font leurs esclaves par leurs propos.

Sa Richesse intérieure

Si vous êtes capable de croire en vous, de regarder vers votre intérieur afin de vous connaitre, de vous faire exister dans la sphère de l'infini, alors tout devient possible pour trouver les liens d'un monde à la conscience plus riche qui ouvrira les portes d'un univers à la force et à la vision plus vaste.

La sordide routine

Société sans plaisanterie,
Qui pourtant n'est qu'une absurde mise en scène,
Presque une plaisanterie !
Au milieu des cœurs des populations,
Ne battent que quelques machines cardiaques,
Qui se sont effondrées avec les révolutions avortées,
Où seules quelques insurgés rêvent de désordre,
Au tréfond de leur sordide routine.
Se retrouvent comme des chiens,
Dans l'incapacité de mordre le maître,
Qui insufflent à leurs cœurs de battre à chaque seconde,
Pour lui être fidèle encore,
Et conserver le souffle pour l'instant d'après.
Pousser la seconde qu'ils savent sans pulsion de vie,
Qui appartient à la sordide routine expressive du temps,
Qui va sans râle...
Et ne réfléchissent dans le miroir qu'un cadavre,
Qui ne sait plus émouvoir,
C'est la routine sordide.

La Vie (1)

La vie est une histoire insensée avec des mots.
L'on ne considère pas assez l'univers des mots ?
Car il nous parle de joies, de colère, de pitié et
(d'amour),
La dimension la plus belle que l'on devrait écouter...

La vie (2)

C'est regarder le soleil s'élever dans le ciel,
Et l'entendre s'endormir dans les provinces de
L'imagination.
C'est prendre exemple sur sa nature.
Laisser le temps nous emporter dans l'instant présent ;
Être un voyageur ordinaire sur la grande route sauvage,
Qui nous montre le chemin de l'esprit,
Et nous décrit la tranquillité,
A chaque pas, passé à marcher,
Qui épanouit l'esprit.

La vie déglinguée.

Dans la pièce du grand théâtre loufoque de nos vies,
Dansent des histoires burlesques et tendres,
Entre paroles d'amour, et les choses humaines,
Qui déglinguent les cœurs.
C'est l'histoire d'un monde dans son monde absurde,
Qui déraille les gens.
Mais il y a aussi des histoires sans ombres,
Qui réenchantent le désir de vivre, sans cynisme ni mépris, où même de drôles de choses arrivent.
La vie déglinguée n'est pas une demeure aux quatre murs.
Il faut regarder là où la romance se cache,
Sous les rires dans la comédie de l'existence.
Entendre les notes sans violence,
Qui résonnent tout autour de nous ;
Dans les farandoles qui unissent les hommes,
Et la vie comme des époux improbables...

La ville de tous les crépuscules

Je cours toutes les avenues,
Qui débouchent sur des boulevards bavards.
Me retrouve dans un ballet d'étoiles ;
Drôle de phare fou sortant de nulle part ;
Où le cri des pneus sur l'asphalte
Résonne derrière les camions poubelles,
Qui vident la ville de ces orgies de ventres perdus ?
Au milieu des labyrinthes bétonnés.
Mes regards vont vers des faces capitulées,
Mariés aux fumées de voyageurs assis dans leurs autos,
Ou sur leur deux roues tombeaux,
Qui s'enfuit dans les chemins de la ville poussiéreuse,
Où la pluie viendra effacer la misère d'hier,
Pour faire place à l'abîme de demain,
Qui accueillera des mains nouvelles,
Et viendront bientôt nourrir le pavé noir usé,
Par des amertumes passées...

Au-delà de nos peurs

Il faut réapprendre à aimer.
Réapprendre l'amour,
Le droit d'être aimé,
De regarder les yeux de l'autre,
Reconnaître le cœur dans l'espace de vie.
Entendre qu'il nous parle comme le vent évoque l'horizon.
Voir, le hasard qui n'hésite pas,
Qui nous montre les sentiments...
L'amour, c'est le cœur de l'univers...
La vie, c'est la voix qui respire sous ton cœur.
Entend là sa puissance...
Un jour, tu regarderas,
Ce sont ces yeux qui se ferment chaque soir auprès de toi, entre ces bras, tu reconnaîtras l'amour quand tu l'auras trouvé...

L'amour

Parfois je rêve de me promener dans cette poésie,
De plonger dans les yeux où se raconte l'histoire des
Sentiments, le rêve des envies…
Partir me perdre dans ce territoire,
Où les cœurs sont en exil entre les mains des étoiles,
Où brille une lumière sur l'horizon infini de galaxies
Lointaines, Où se confond et se mêle le temps…
J'imagine la beauté du monde dans leur regard
enflammé, où je m'invite à fermer les yeux pour
rejoindre leur frontière,
Entendre leur cœur battre, leur désir s'enlacer,
Leurs pensées couvrir leur corps de plaisir.
Et se retrouver sur les chemins de l'amour,
Mettre leurs chairs entre parenthèses,
Devenir inséparables et s'envoler dans la demeure des
Anges et les démons des sens…
Sombrer dans le fantasme de ne plus se détacher.
Franchir toutes les chimères,
Tous les grands espaces désolés,
Trouver une terre vierge où ils seraient les seuls amants
Couchés sous les plus belles étoiles…
Où ils resteraient pour toujours ensemble à faire
l'amour, sans qu'importent les années…
Traverser la longue nuit à deux,
S'éteindre dans le firmament,
Où baignent les étoiles en étant libre de
S'aimer à jamais.

L'enfant, le rire, un Ange…

Le temps des hirondelles
Un jour avant l'été
Des bras tendus au ciel
Des rires et le soleil sur le matin qui naît
Des enfants qui jouent avec leur ombre
Des rires qui s'envolent dans les nuages
Un jour avant l'été
L'enfant, le rire, le cœur inspiré de rêves
L'abeille et la fleur qui s'éveillent entre la terre et le ciel
L'enfant, le rire, la couleur des pétales d'une fleur au soleil
L'enfant, le rire, un ange
L'été qui naît…
Un jour avant l'été.

Le bon sens

Le bon sens ne peut tuer que le mauvais esprit,
Et ouvrir la main de la bonne foi.

Le chat

Il a changé nos vies.
Depuis la nuit des temps, il est mystique.
Pèlerin sans fardeau, il traverse toutes les terres,
Conquit tous les cœurs.
Détient la grâce et l'agilité,
Possède l'éternité entre les murs de ses yeux…

Le ciel est beau, le ciel est bleu

Sur mon balcon, les yeux ouverts le matin,
J'étends mes ailes sur la cime de l'horizon...
Suspendu dans la ouate blanche de quelques nuages
Perdus, dansent des oiseaux d'été...
Plus bas, des abeilles sonnent les beaux jours.
Les couleurs et parfums envoûtant...
Pieds nus au milieu du rêve qui m'enlace,
Le cœur planté de fleurs, j'avance dans l'échappée belle...
Je reste dans le rêve.
Le ciel est beau, le ciel est bleu...

Le fleuve du temps

Quand je regarde à travers les étoiles,
Ils se dessinent des ruisseaux de corde,
Qui attachent le passé au futur ?
Dans un tourbillon de galaxies.
Mes yeux perdus dans un rayon oblique,
Envahissent ma chambre.
Je baigne dans une lumière calme où tout est serein.
Je me suis ancré dans le temps présent,
Il n'y a plus de distance entre terre et lune,
Plus rien ne me sépare des étoiles.
Mon esprit vogue comme un bateau sur l'horizon.
Je suis sur le fleuve du temps.

Le grand défi

L'homme a une action massive sur le vivant.
Pour cela, il a le devoir de protéger les espèces de ce Monde.
Pourtant, il ne distingue pas le bien du mal,
Il a une vision sans richesse,
Et n'entrevoit pas le monde dans sa globalité,
Perdant les dimensions essentielles.
C'est ainsi qu'il se fragilise et change l'équilibre établi.
On peut se demander : que cherche l'homme ?
On peut avancer de vivre en paix,
D'être heureux, de vivre en évitant les contraintes,
Et pourtant on peut dire en un mot : non.
L'humain influence la misère et les conflits.
Il se met en exil sans aide,
Et se confère les plus grands désavantages,
Devenant esclaves des règles qu'ils s'infligent.
Notre nature connaît l'intelligence qu'il faudrait,
Mais notre faiblesse est notre force,
Qui dirige nos pensées créant des actions destructrices.
Notre grand défi est de trouver l'intelligence des esprits
Simples, qui ont pour arme la poésie, la philosophie,
Qui regarde la nature comme un tableau plein d'esprit,
Une alchimie où naissent les grands bienfaits.
C'est à nous de commencer sans diriger les autres.

Le jour se lève

Par la moindre crainte dans les rayons du jour,
Qui se lève...
A la fenêtre, j'observe la nuit disparaître avec elle,
Le côté sombre des choses...
Avec le jour qui se lève, je vois la femme,
Qui marche dans mes lendemains,
Traversant la rue dans mes pas...
Sur cet horizon lointain,
Se dessine ces yeux à travers de grandes portes ouvertes.
Elles prennent les apparences brûlantes,
D'un soleil plein de vie.
Sur ce jour qui se lève apportant sa lumière,
Effaçant la nuit qui se tamise dans son crépuscule...
Laisse mon cœur à l'éclat du matin, à l'amour,
Et la place qui lui revient...

Le lit

Il nous parle de caresser,
De temps suspendu,
D'amour inoubliable,
D'amour passé au milieu de rêves,
De corps brisés de soupirs et de naissance d'adieu,
D'histoire d'amants quand dehors tombe la pluie,
De sommeil profond, d'insomnie,
De terreur et de rire dans la pénombre.
C'est un lieu plein de mémoire, de rêves et de voyages.
Le lit voit naître et mourir,
Pauvres et riches dans toutes les villes du monde entier.
Le lit est le gardien du rêve jusqu'au lever du jour et
Chaque soir, je ferme les yeux
Et m'envole par le crépuscule pour vivre une autre vie.

Le miroir

Il est la mémoire.
Il résonne des chemins passés.
Il peut nous perdre dans ses reflets émaciés,
Rendre l’esprit boiteux,
Voir que tout commence ou finit...
Le miroir renvoie le portrait des enfers et des paradis.
Ce que l’on veut y voir ou peur de trouver.
Quand je regarde, je ne me souviens pas qui j’étais.
J’ai l’âme amnésique.
J’y rencontre des fantômes,
L'intérieur d’un homme inconnu,
Des visages sans remède...
J’y observe la vie,
Et la mort me narrer les occasions perdues,
Les voyages de l’enfance,
La sagesse de l’homme mûr,
Et la cellule matelassée,
Pour la dernière image vers le miroir à l’envers...

Le monde est un désert

Le monde est un désert que l'on doit arpenter,
Car chaque grain de sable ne se borne pas à rester sur la piste.
Il est soufflé par les vents et le désert continue….
D'avancer.
Le monde est ainsi et ne s'arrête jamais ;
Tout le monde y met son grain de sable.

Le président des chiens.

L'homme piétine les foules,
Chavire le bateau des chiens,
Putréfie les esprits.
Ces hommes n'ont pas de miroir.
Ils savent qui ils sont,
Et ne font pas demi-tour pour être meilleurs.
Ils transforment leurs mensonges en promesses,
Prennent le monde par le vote,
Déplacent les foules qui se noient derrière le rideau.
Dans les livres, ils laisseront leurs noms,
Dans les voyages écriront nos errances,
Sous des soleils de paradis,
Nous offrirons la part des ombres d'un enfer effroyable.
...Sans rien nous dire, ils gagneront en temps,
Ce que nous perdrons en souffrance.

Le sable coule si vite dans le sablier

Dans les chemins du petit jour,
Dans l'air brisé, se lève l'Aube et sa lumière.
Dans les rues désertes du ciel,
Les oiseaux dansent dans la mer bleutée.
Dans la nuit oubliée, perdus dans les déambulations du passé,
Mes yeux dans le vent rêvent la chair de l'horizon qui s'éveille dans les miroirs enchantés,
Là où les heures s'envolent dans l'air qui s'égrènent.
Sur les ailes de la brise se brisent ...
Entre mes doigts s'enfuient au loin,
...Comme le sable s'écoule si vite dans le sablier du temps...
Ma voix comme une flèche perce le calme du matin,
Je cris le temps qui joue sur l'aiguille de la montre et fait voyager le temps...
Mais rien ne l'arrête.

Le sdf

Celui que l’on ne voit pas,
Qui avec le vent passe…
Avec la nuit s'éteint, celui que l’on oublie après un matin.
Ce sdf a une âme, un passé, un avenir ?
Pour lit, un pavé noir comme son pain durci par la rue,
Par les regards qui jamais ne se posent…
Victime de la peur d’autrui dans les sociétés,
Qui érigent des massifs aux mille visages de préjugés.
Personne ne retiendra le sien.

Le silence

Le silence est plein de bruit.
Vivant si l'on entend son histoire.
Si l'on écoute, on rencontre un monde rempli de vie.

Le visionnaire

Le visionnaire voit l'univers d'autres mondes,
Par-delà les fenêtres du temps…
Au-delà des illusions, des lieux intemporels,
Au-delà des collines et des vallées perdues,
Dans des contrées sans loi où les horloges n'hésitent plus…

L'enfer, c'est les autres

Sur les récifs s'écrit l'histoire du temps des voyageurs sans frontière,
Qui ont rencontré le soleil, les nuages, la neige, les arbres jusqu'à l'océan natal…
Qui ont découvert la richesse du jour,
Et les bienfaits de la nuit,
Caressés de leurs yeux, débarrassés,
Regardent l'immensité…
Qui ont compris le caractère sacré d'être,
D'être seuls pour dépoussiérer l'esprit de la sécheresse des hommes, qui cache la lumière provenant des cieux,
Et attendent le matin pour effacer par la rosée,
Tous les restes des enfers,
Prodigué par nos institutions,

- L'enfer, c'est les autres –

Les énigmes de l'univers

On ne peut pas le nommer.
Il est invisible.
Il est un rayon.
Il est un objet.
Il est magique.
On le considère réel et irréel.
Défenseur et agresseur.
Rationnel et irrationnel,
Pour le genre humain.
Détermine-t-il la nature et l'origine du vivant ?
Où est-il ?
L'œuvre de la banalité aux quatre coins des mondes ?

Les grands orateurs du vide

Ils proclament aux amers esclaves qu'ils vont sortir de la crise, alors qu'ils sont eux-mêmes les responsables.
Ils répandent dans les consciences des haines et des peurs pour que s'installent des tyrannies dans le cœur des hommes.
Ils incombent les guerres aux innocents et nourrissent les âmes folles de désir de sang en ôtant la dignité aux bonnes gens.
Ils fragilisent les sentiments et la résistance des individus contre les forces envahissantes des injustices.
Ils rendent aveugle la liberté, la conduisent à l'arène et la font mourir sous les cris des fous qui portent les masques de la servitude...
C'est ainsi que pratiquent les grands orateurs du vide.
Ces entités politiques au service d'héritiers riches, hélas, d'inhumanité, qui n'auront de cesse de priver chaque génération de leur liberté pour leur rester soumis...

Les habitants de la lune

Une histoire extraordinaire :
-Dans notre monde matériel, on oublie les couleurs de l'immatériel.
Dans le gouffre du voile noire de l'espace, de ses mystères, des mondes infinis...
La nuit tombée dans une ambiance énigmatique, brille la lune, elle triomphe sur l'obscurité.
Je me senti détendu parmi les cieux, mes yeux fouillaient le ciel.
Une pluie douce caressait les chemins entre les nuages et ma peau.
Assis dans mon fauteuil, sur le perron, j'imaginais l'horizon...
Je ne savais que penser de ce que je voyais.
De cette univers infini et je me disais, serions-nous seuls?
Je remuais la cuillère dans la tasse de café en repoussant l'impossible derrière les murs de mes certitudes...

L'instant d'après, je me suis retrouvé dans une espèce de cratère, un lieu gris et une sorte de lumière au loin.
Je me suis dit : « mais d'où vient la lumière ? »
J'ai fait un pas puis un autre...
Je m'arrêtais de nouveau.
Il y avait une étrange brume verte.
J'étais très étonné, que faisais-je là ?

Je fermais les yeux, cette image ne s'en allait pas de ma tête.
Mon visage grimaçait, mes mains étaient moites.
Je me senti comme dans un rêve éveillé
Pourtant tout me paraissait bien réel.
Savez-vous ce que j'ai pensé ?
Eh bien oui, j'étais sur la lune !
Mais comment pouvais-je être sur la lune ?!
Il me fallait choisir les mots prudemment.
Dois-je croire que j'étais bien ici ou dans mon fauteuil ?
Étais-je capable de voir à distance ?
Je m'offrais un silence pour essayer de comprendre, pourtant tout continuait de me sembler bien réel, mais comment pouvais-je respirer ?
"Mystère "!
Je me décidai donc d'approcher vers la lumière
...de la lumière sur la lune ?
Je croyais que l'homme n'était pas retourné sur la lune depuis plus d'un demi-siècle ?
L'homme a t'il construit sur cette lune ?
Que pouvais-je croire?
Je cherchais un drapeau, quelques choses pour nous, pour me rassurer.
C'était une question que je devais me poser, je l'avais sur les lèvres et à l'esprit.
Dans les tréfonds obscurs de l'infini, quelques étoiles brillaient vers moi...
Je m'arrêtais soudain et je m'interrogeais :

" Mais où est la terre ?!"
J'abaissai mes sourcils, essayant de sourire pour oublier tout cela !
Mes regards s'arrêtaient sur les sols.
- Non, c'est de la poussière !
Une sorte de cendre, le cauchemar devenait de plus en plus évident
Je n'osais me retourner...
Lentement, je fi face à notre monde bleu, elle était bien là !
Je l'ai regardé...
Je débattais seul de cette réalité qui commençait à poindre à mon esprit.
J'en eus un vertige.
Une courte respiration.
Je me suis mis à marcher à nouveau, continuant vers la lumière...
-" J'en ai encore le souffle coupé au moment où j'ai vu ces choses !"
C'était une chose, une histoire extraordinaire à mon cerveau, un secret, un rêve ?
-"La lune est habité, des êtres lunaires, des objets dans ce cratère !"
Je n'étais pas seul sur la lune !
Mais, comment pouvais-je être sur la lune ?
D'accord, d'accord ! Me répétais-je.
Mais, que vais-je pouvoir raconter si je rentre un jour ?
Les gens me diront d'accord, mais qu'avez-vous vu ?

-"Aucune idée ?!"
Voilà ce que j'ai raconté à mon retour.
J'étais sur la lune, et depuis mon retour, ma vie n'est plus la même...
Depuis, je ne regarde plus cette lune de la même manière.
Quand on me demande de raconter mon histoire, j'ironise, et je dis à ceux qui m'écoute d'attribuer à leur esprit un peu plus d'imagination pour voyager au-delà de notre réalité...et de coloniser l'imaginaire...

« Très certainement, quelques planètes ne sont pas habitées, mais d'autres le sont et, parmi toutes ces planètes, il doit exister la vie dans diverses conditions et phases de développement ».

Nikola Tesla

Les hommes en noir

J'ai levé les yeux vers eux,
Ils marchaient comme s'ils gravissaient une colline,
Titubant parfois.
Leur regard vide m'envahissait de toute leur volonté.
Je sentais le vent et la poussière sur mon esprit moribond.
Cette impression d'être balayé, dispersé sur l'horizon…
Fouillant en moi comme des observateurs,
Me perdant dans leurs yeux que le temps à vidé.
Dehors tombait la pluie, puis plus un bruit,
Un éphémère soupir triomphait sur moi,
Jusqu'à atteindre les étoiles,
Où de grands chemins émergeaient devant moi.
J'étais effrayé par la nuit interminable qui me transperçait.
Dans leur regard, je rencontrais tout cet univers.
Ces hommes en noir semblaient appartenir à la passerelle d'entre deux mondes,
Et je pouvais lire tout cela en eux...

Les lumières de la ville

Flamme dansante dans les yeux des citadins,
Chimère fatale pour ceux qui la regarde,
Puzzle aérien cachant la forêt.
L'arbre des péchés occulte l'esprit des lumières de la ville...
Éteins les étoiles qui dessinent les rêves, plonge les noctambules dans les lumières aveuglante des rues,
Contraignant le silence à se taire, et fait de l'homme sa proie...

Les reins polis

Ses mains se posèrent sur ses reins polis.
La demoiselle peu farouche attacha beaucoup d'importance à ce qu'il la prenne ainsi en un abordage bestial, frénétique…
Une folle jouissance à se retrouver les fesses assaillies.
Une exhibition volontaire pour se savoir soumise entre ses mains, sa force au désir.
Cet homme qui n'avait d'yeux, l'espace d'un moment, que pour ses reins polis.

Les romantiques

Ecrivons avec le sang, nos sentiments,
Avec nos larmes, la joie.
Avec nos pleurs, les rires.
Avec nos corps, l'amour.
Avec nos cœurs, tout ça.

Les saisons du cœur

Sur mon cœur une légère oscillation…
Des mots se déroulent à chaque saison.
Ils me promettent du bonheur, cela me redonne du courage, une espérance...
J'entends les notes comme sur un piano, les épreuves du temps me racontent le silence et les joies sur les lèvres minces des saisons.
Mon visage résonne avec elle.
Cette musique sur l'écran de ma vie, derrière la folle douleur qui habite mon cœur, derrière la peur des souffrances.
Je reste assis, échoué sur mon fauteuil, placide, à écouter l'harmonie des sons qui tournent sur les battements de mon cœur, me parler d'amour, de sourire, à la fois triste et cruel…
Parfois je tourne le dos à la fenêtre noire pour regarder le ciel, son bleu, sa beauté…
Je m'enfuie par les portes des nuages pour souffler aux vents des saisons,
Qui emportent mon cœur pour m'offrir l'amour et ces bonheurs.

L'homme asservi

C'est une guerre totale qui s'engage contre une intelligence œuvrant à travers le temps, poursuivant son entreprise d'extermination...
Il n'y a aucun ange ni clairvoyant,
Seulement des forces qui dépassent les cinq éléments.
Le salut de l'humanité repose sur les guerriers du silence.
Les derniers hommes cachés dans les citadelles de l'ancien monde.
-L'humanité confrontée aux énigmes de l'anti-monde de l'espace et du temps.

Prophétie.

L'homme Dé

Un phénomène universel.
Le pouvoir dominant joue aux dés avec l'homme de la rue, qui reste sans sédition.
Devant eux le dé est pour eux, Dieu.

L'homme

Reste où il a pris racine et réalise son ciel sur son histoire intérieure.
Il peut voyager, changer de vie, adopter des coutumes nouvelles, s'adapter le mieux possible ; il restera toujours l'homme là où il a pris racine.
Son intelligence sera connectée à cette source première pour toutes les situations qu'il rencontrera.

L'observateur

Je suis l'observateur qui regarde le mouton homme.
Il a fait serment de fidélité.
L'homme sur le chariot des condamnés s'écroule,
Comme l'arbre trop vieux pour soutenir ses branches.
Son esprit fané a laissé cueillir sa jeunesse éphémère,
Et l'a offert au tyran cousu de fil d'or,
Sépare ainsi à jamais l'homme qu'il était,
Pour devenir le mouton servile des maîtres bourgeois,
Sans âme, qui font couler le sang comme coule les rivières, sur le bord de la rive, où mille érables trempent dans l'encre noire des visages fanés, qui pleurent la fin du printemps dans la pluie et le vent.
Passent les années,
Sans qu'aucune nouvelle des hommes ne me parvienne.

Lumière des ténèbres

Beaucoup se perdent,
Autant se retrouvent,
Dans l'infini du noir brille le diamant des étoiles.
L'humanité dans la brume cherche l'ombre dans la lumière.
L'homme grand ignorant navigue entre deux eaux au bord de l'abîme et non loin du ciel.
C'est bien là notre malheur,
D'être non loin du jour et murmurer à la nuit,
Sans jamais trouver la vision poétique du monde.

Ma France

C'est du papier cadeau,
Une carte postale, un ruban de crémaillère.
Tout un monde de Noel en moi.
Je suis dans l'harmonie quand je regarde ces panoramas, ses architectures, sa culture qui renferme toutes les histoires riches de sens pour moi.
Tout un univers de mes plus hautes inspirations qui moissonne mon cœur...
C'est une substance essentielle qui me fait comprendre ma France.
Je ne crains qu'une chose s'abatte lentement sur mon beau pays, la volonté de certains hommes d'interférer sur l'équilibre de ces choses sacré qui composent cette prospérité sur mon chemin de vie...

Ma liberté

J'ai rêvé de grands espaces ,
De chemins, de plaines et temps suspendus...
Sur les lèvres des horizons invaincues
Assis à côté de la fenêtre, je regarde la beauté de la liberté,
Un soupir, un amour sur la beauté absolue.
En éphémère, mes yeux parlent en silence des voyages,
Esquisse mon âme poète et vagabonde,
Je caresse le bleu du ciel, des étoiles filantes.
La pluie sur mon corps nettoie tous les doutes,
Sur mes joues roule des larmes du ciel, sur mon cœur un soleil qui me montre la liberté...

Mes amis

Sur les mauvais chemins de l'existence, ils me protègent.
Ils montrent de l'affection à l'heure des blessures.
Ils prennent soin de mon cœur quand il est blessé, pour me relever...
Ils sont là, même quand le chemin est neuf.
A chaque saison d'une vie, ils dressent leurs bras vers moi, car ils savent que les miens les accueillent aussi...
Mes amis croient en moi, au partage, à l'échange,
Au pardon et à l'amour qui fait renaître à nouveau.
Faisant de nos fragilités une force ;
De cette force, une aventure qui donne un sens à nos vies ; du respect qui nous construit.
Mes amis invitent mon âme à comprendre l'enseignement qui nous unis.
Mes amis, comme un bracelet d'or résiste au temps, sans être esclave des sentiments, libre d'entrave et toujours là, m'accompagnent.

Mes yeux perdus

Mes yeux perdus dans le roulis de la mer…
Dans cet imaginaire, l'anthologie des premiers poèmes,
Des premiers voyages enfouis dans les souvenirs impassibles,
Des pierres échouées sur les rivages...

Mes yeux perdus dans la montagne

Le ciel opaque se déroule sur la crête des géants immortels, les ténèbres avalent la lumière jusqu'à l'horizon...
Ce monde minéral retrouve la dimension des hommes.
Sur les cimes, les éclairs grondent leur puissance face à moi, assis au fond d'une grotte d'où je contemple par ma lucarne de pierre un spectacle intemporel, sans âge, où le temps suspend son voyage dans un espace immobile...sans palissade.
Je suis un visiteur, un homme qui partage dans ces yeux un monde où toutes nos certitudes s'effilochent pour laisser place à l'immensité des paysages qui parfume le cœur des aventuriers...

Monde arrangé

L'observateur n'est pas celui que vous pensez.
Voici le monde.
Votre illusion.
Votre mode de pensée.
Votre univers mental est cloisonné, arrangé.
Votre esprit est hypnotisé par ceux qui le créent.
L'homme persiste au fil des années à croire les aspects qui le guident.
L'homme fait de ses yeux la borne de son esprit.

Mystère

Qui sont- ils ?
D'où viennent-ils ?
Que viennent-ils faire sur terre,
Pour quelles raisons ?
Il y a cent milliards de soleils entourés de planètes.
Notre astre est fécond et fertile.
Sont-ils parmi nous ces occupants des mondes inconnus?
-mystère...

Par-dessus les toits

Par-dessus les toits
J'allais sous le ciel,
Sur le rêve des oiseaux,
Dans les étoiles couvrant le monde,
Dans la mer bleue qui parfume l'horizon,
Dans l'aurore qui sourit aux innocents,
Dans les regards bleus qui parlent d'amour,
Dans les cœurs qui espèrent tout,
Et je danse dans la douceur des océans du firmament,
Par-dessus les toits...

Pensées

La véritable vie se vit dans cette insécurité qui effraie,
Avec elle, on apprend notre capacité à aimer.
Les choses trouvent leur force sur cet horizon où tout devient possible...
Il faut se défendre des peurs pour être capable de vivre

❖

Ne reste pas blesser.
Ne te décourage pas.
Garde espoir même si la route est sombre.
Chaque lendemain reste à écrire...

❖

Afin d'être heureux, condamnons les ombres du futur et les fantômes du passé, pour exister au présent

❖

Ne réduisez jamais la vie au désespoir, elle est bien plus riche qu'il ni paraît.
Soyez capable de plonger dans l'imagination, pour aller chercher la réalité dans cette illusion...

❖

En pleine tempête du progrès, l'homme marche contre le vent.

❖

Dans une nation libre,
Où il n'est pas permis d'avoir des esclaves,
Les plus sûres richesses consistent à pouvoir disposer
D'une multitude de pauvres laborieux.

❖

Être libre, c'est vivre à sa guise,
Sans être soumis, ni soumettre les autres.
Ne pas commettre d'injustice,
Ni éprouver le désir des pouvoirs,
Ne faire l'objet d'aucune convoitise,
Qui entrave les libertés d'autrui.

❖

L'amour, c'est la rencontre avec le hasard qui n'existe pas

❖

Avec la lecture, j'ai foulé cette terre,
Où la littérature écrit les plus grands voyages de l'esprit

❖

Au-delà du connu.
L'esprit a le pouvoir de tous les récits,
N'a aucune loi du réel,
Empreinte des mélodies qui traversent tous les déserts de l'imaginaire,
Vous entraîne au pied des géométries invraisemblables,
Et vous installe sur l'esplanade de tous les possibles.

❖

Ceux qui ont peur de découvrir qui ils sont vraiment,
S'arrêtent au seul reflet que les miroirs renvoient.

❖

Tous les inventeurs de mots sont des inventeurs de Mondes...

❖

Le visionnaire voit l'univers d'autres mondes,
Par-delà les fenêtres du temps...
Au-delà des illusions, des lieux intemporels,
Au-delà des collines et des vallées perdues,
Dans des contrées sans loi où les horloges n'hésitent plus...

❖

Le silence est plein de bruit.
Vivant si l'on entend son histoire.
Si l'on écoute, on rencontre un monde rempli de vie.

❖

Tous les chemins reviennent à vous,
Comme la mer nage vers la côte pour vous montrer,
Qui vous êtes...

❖

Il y a plusieurs sortes d'hommes.
Ceux qui ne veulent pas marcher à côté du mouton,
Qui préfère endosser l'habit du berger ;
Et ceux qui souhaitent être libre de vivre,
En lien avec toutes les choses,
Sans être esclaves de personnes.

❖

Quand je regarde l'homme,
J'observe celui qui est tombé souvent.
Je reconnais en lui les luttes pour se surpasser,
En lui la force du combat qui le rend meilleur et plus sage, où s'effacent les vanités inutiles.

❖

Nos routes vers le paradis connaissent toutes les saisons ; Même celles d'une saison en enfer !

❖

L'humain influencé où qu'il porte sa réflexion,
Pense être la référence du vivant,
Et refuse par peur d'une nouvelle vision du monde,
Qui engage à une philosophie autre.
Voir qu'il y a une infinité de réalité,
Qui surpasse notre intelligence primaire

❖

L'homme s'invente des dieux dans les batailles,
Jusqu'aux yeux reposés dans la tombe,
Et oubli la sagesse de n'être qu'un homme,
Sans le moindre esprit.

❖

L'homme peut être fier lorsqu'il contribue aux soins de son environnement,
Par un geste simple ou par le biais d'une organisation.
Par son acte, il prend conscience du vivant.

Perfect world

Mille et une nuits dansent dans mes souvenirs,
Dans ce monde parfait mes journées s'écoulent…
Je marche dans la forêt des rêves,
Chaque jour, l'amour chante dans mes pas, sous mes pieds, dans toutes les directions…
Son cœur fait ma fortune, par-dessus les cimes des arbres, volent mes pensées sans arène, jusque dans les merveilleuses nations sans guerre, sans dieu, ni cendre.
Rien que des fleurs qui tirent des pétales en plein cœur.
Ici les hommes meurent d'amour.
Le seul danger est de laisser entrer la fureur des hommes, tachés de haine…

J'ai la chance de vivre ici dans ce monde en moi,
Mais parfois, j'ai peur que la nouvelle s'ébruite,
Parmi les hommes blessés, et qu'ils ne tuent l'univers merveilleux en moi...

Personne ne vous attend....

Les heures se perdent au pied des horloges,
Dans le ciel, des déserts noirs envahissent l'imaginaire des pays au-delà ; comme des mirages incroyables qui rendent l'âme vagabonde...

Dans cet émerveillement s'invente des mondes sans limite, sans heure.

... là-bas... personne ne vous attend...

Pirates des horizons

J'ai toujours éprouvé le besoin de vivre sous les étoiles,
D'être dépouillé des déserts des sociétés,
De montrer les trésors cachés,
Qui ne se trouvent pas sur les cartes,
De m'évader dans les forêts d'émeraude,
Où un pirate rêverait d'y enfouir ses coffres de joies.
Heureux d'être un Robinson volontaire,
A jeter les clés de mes chaînes,
Et de n'avoir pour maison, que les murs offrant les contours d'une haie de fleurs sauvages,
Qu'une ampoule pour soleil me donnant l'heure…
N'écoutez que le sens du vent et le chant des oiseaux,
Qui sculptent mon âme chaque jour…
Je suis devenu un pirate des horizons.

Quelques instants dans la quatrième dimension

Au détour d'un chemin,
Des herbes hautes couchées,
Un lac qui regarde le ciel dans le bleu limpide de ces yeux,
Un seul nuage voyage par-dessus la forêt,
Par terre, les traces d'un feu, d'un moment passé que le vent a étouffé lentement... autour de quelques galets en rond, dans ce cadran du temps qui égrène les cendres, nous raconte le moment d'un instant, d'une rive à l'autre où se perd, le passé, le présent et le futur...

Quand j'étais quelqu'un d'autre

Je me tenais debout,
Il faisait noir,
Demeurant silencieux,
Je regardais un fauteuil,
Un avion posé au sol près de moi.
J'entendais le tonnerre me frôler,
Pourtant aucun éclair sur l'horizon.
...Puis encore le calme envahit l'espace :
Suis-je mort ? me suis-je demandé.
Cette drôle d'impression ne me quitte pas.
Puis des voix se sont élevées.
D'un coup, se sont tues ;
Couvertes sous des coups de feu et l'odeur de la poudre
C'était la guerre.
Que se passait-il ?
Qui était cet homme ?
Il portait une casquette d'officier.
A présent, allongé,
Il semblait se détendre au milieu d'un raid de
Bombardement.
Que voulait dire tout ceci ?
J'ai cette impression d'avoir été tué.
Puis, l'instant d'après, je me suis réveillé mais en moi,
La forte sensation d'avoir vécu ce moment,
Et dès lors, il ne me quitte plus.
Son souvenir vit en moi.

Qui es-tu ?

Un jeu de hasard ?
Une simple coïncidence ?
Un être qui invente ou que l'on invente ?
Es-tu une expression ou un fantasme ?
Un clandestin de l'existence ?
Sans le savoir, es-tu tout cela ?
Es-tu vraiment, ou un mirage ici-bas ?
Chacun s'impose sa croyance,
Pour dire qu'il n'est pas un dé ;
Que nous prenons vraiment nos décisions.
Qui suis-je au fond de moi ?
Tout le monde s'interroge,
S'invente sans discontinuer.

Qui suis-je ?

Je suis invisible et n'existe que par le fait,
Que vous me prêtez vie.
Vous me comptez chaque jour et rien ne m'attrape.
Vous me donnez de la valeur,
Pourtant vous ignorez ma nature.
A chaque seconde, je vous reprends l'instant d'avant,
Et je vous laisse du vent…
Dans la lumière, comme dans le néant,
Je peux accélérer ou ralentir,
Ne plus être là si l'on ne me regarde pas.
Je suis le temps qui passe sous vos yeux,
Qui n'a que la vie qu'on lui offre pour être réel,
Et je mourrai avec la dernière conscience,
Qui connaît mon nom.

Regardez en vous

Si vous êtes capable de croire en vos idées quand elles sont ouvertes vers l'intérieur de vous, afin de vous connaitre, vous faire exister dans la sphère de l'infini, alors tout devient possible pour trouver les liens d'un monde à la conscience plus riche, qui ouvrira les portes d'un univers à la force et à la vision plus vaste.

Rencontre avec les anges.

C'est une rencontre au cœur de mon âme.
J'y ai découvert la grâce, le pardon,
Et l'amour des êtres spirituels qui ont réveillé ma mémoire.
J'ai traversé l'obscurité vers un amour inconditionnel,
Où l'égo s'est brisé pour devenir la lumière,
En oubliant la nuit des temps qui obscurcit les esprits.
Mon âme guérit des maladies de nos sociétés,
Des maux qui abîment et créent la souffrance,
Dans cet univers du monde occidental,
Détériorant la bonté naturelle de nos êtres,
Où l'on finit par se perdre à l'intérieur de nous-même,
Dans l'illusion du matérialisme…
Ma rencontre avec les anges a ouvert en moi un océan de compassion.
Elle a tué toutes les guerres habitées par les hommes,
Qui jugent sans connaître.

Reste, reste encore…

J'entrevois ton visage dans le vent,
Dans la nuit qui m'invite.
J'entends tes pas,
Qui s'enfuient sans un bruit dans le lointain,
Et je pleure.
Ne reste qu'une larme sur mes joues, une odeur,
Un murmure obsédant.
Mon cœur au bord du vide, du gouffre, du néant…
Et j'entends le temps, s'ouvrir sur un ailleurs,
Et mes pleurs qui s'épuisent,
Et se meurent dans le méandre des fleuves ;
Les bruits quand tu pars…
Reste, reste encore…
Mon cœur est comme une fleur privée de couleur,
J'entends l'obscurité s'endormir sur nos souvenirs,
Tuer mon âme…
Je préfère encore ma douleur,
Voir ton visage,
L'horizon encore…
Un rêve a pris la place...

Rêve

Je voulais, comme le peintre, planter mon chevalet,
Et faire le monde comme dans mes rêves...

Révolution devant les tyrans ?

Le peuple est un patient de l'État.
Un grand malade traité comme un chien,
Sans grande menace,
Collé devant l'écran perdu dans le religieux,
Et dans les culottes fatales.
Abandonner dans la misère des cervelles névrosées,
Contrôlée par les dictatures cachées dans les chemins des besoins,
Le nez dans la télé à bouffer des merdes désormais Imposées,
Soumis aux politiques, bêtes à manger du foin,
En passe de nous initier.
Le peuple n'est bon qu'à pisser dans sa culotte.
Ne surmontent que les mots, sans réfléchir,
Flirte avec la connerie,
Et se jette dans la gueule des loups,
En regardant leurs pieds avec un air d'allégeance,
Presque à faire briller avec gratitude leurs souliers,
En remerciant de se faire marcher dessus...
Presque sacrifier.
Le peuple laisse de valeureux crétins jouer aux dés avec
Leurs vies Et se défendent d'agir face à leur geôlier...,
Maître des illusions dont la dictature s'impose à chacun.
Aucune révolution devant les tyrans.

Sous la lune, les ouvriers du crépuscule

Perdu dans les nuages, dans la nuit noire qui brille,
Des ombres postulent pour la lumière du jour.
Leur vie s'évade sous les pierres éblouies par les reflets du soir infini.
Ces pauvres hommes illuminés par la lune,
Asservie à éclairer l'humanité sur la terre,
Sous les coups du crépuscule, ils rentrent chez eux,
Partageant l'écume des mirages sur les vitres des
Echoppes, où se reflète l'horizon boiteux qui se déchire,
Et s'étire le long des rues…
Sur eux, les esclaves des mondes sans couleur,
On devine leur yeux voilés, exténués, abattus.
Ils sont comme des bêtes errantes dans les fumées de
Trottoirs où se cachent les brumes lugubres,
Qui viennent à leurs secours ;
Portant leurs ombres sans âme.
Ces hommes charbon qui rendent le diamant du jour…
Ils s'endorment sur le regard du matin…
Ce soir encore, dans l'obscur carrefour,
Ils maudiront l'abîme jusqu'au prochain jour,
Et partageront l'éternel étoile, chaque nuit…

Sur elle, les mots du premier jour

Mettre dans mon cœur les regards de l'océan,
De la chaleur sur mon âme,
Oublier les insomnies et l'ennui,
Trouver les sourires et les trésors sur les mots du premier jour,
Sentir sa chaleur,
Le désir couleur amour.
Goûter dans ces yeux, les plaisirs des sens.
Danser avec elle, la vie.
Suivre les chemins velours,
Dessiné sur la pierre nos corps misérables,
Chercher les rameaux immortels des premiers pêchés...
Devenir les Esclaves impénitents de l'amour.

Technologie, une puce sur ton dos

Une puce, dans l'archéologie des sens sous ta peau,
Dans ton écrin policier qui écoute la mémoire de tes mots, de tes fantasmes.
Une puce, qui sans indulgence,
N'a ni mépris ni conscience ;
Elle informe sans maudire ni juger,
Elle condamne sans état d'âme.
Une puce,
Une pute qui balance la meilleure des philosophies dans ce Monde de demain, où se meurt gaieté et liberté.
...Avenir à la roche noire,
Tout le monde dans ce miroir se couche.

« Il est hélas devenu évident aujourd'hui que notre technologie a dépassé notre humanité ».

Albert Einstein

Toi qui ne sais

Toi qui ne sais ni où tu vas, ni pourquoi tu avances.
Arrête de marcher dans ton sommeil ivre.
Apprends le bon sens du voyageur assis,
Qui regarde devant lui.
C'est sa force.
Comprendre le calme,
Qui s'étend sous la voûte des artistes célestes.
Quitte le sentier des prisonniers.
Découvre la liberté, cette alchimie sur l'horizon,
Qui te montre le chemin…

Tous les chemins

Tous les chemins reviennent à vous,
Comme la mer nage vers la côte pour vous montrer,
Qui vous êtes...

Tous les inventeurs

Tous les inventeurs de mots sont des inventeurs de Mondes...

Un chien a aboyé dans la rue

Dans les fossés, un homme ivre mort.
Dans le bar, sur le sol couvert de cendre,
S'est endormi l'esclave des comptoirs.
Ceux qui n'en peuvent plus,
Pêchent par le verre pour perdre les souvenirs,
Qui les hantent.
Ils ne cherchent plus la vie, ni Dieu, ni l'amour.
Seulement à fermer les yeux entre les oreilles,
L'enfer qui leur appartient parfois,
Une cigarette aux lèvres, une allumette craque,
Qui révèle un visage au chemin de glace,
Sur la peau, court des rides de vide.
La poésie d'une vie, glisse dessus une fragilité,
Parcourt le roc, le cœur insurgé,
L'âme comme un chien abandonné.
Sans ironie dans les rigoles, il arrive parfois,
Qu'il entende les chiens aboyer dans la rue.

Un pas vers toi

Dans la rue, sur le vieux trottoir,
Mes regards ont écouté le pavé raisonner sous tes pas.
J'ai levé la main au ciel comme pour te saluer,
En murmurant dans un bonsoir étouffé.
Protégé par le crépuscule, j'ai échappé à tes regards.
Tu n'as pas entendu.
Sur mes lèvres demeurent suspendu ma voix,
Qui me revenait sans cesse comme dans un couloir.
Je ne compte plus les occasions perdues...
Comme un orphelin des mots,
J'espère franchir l'abîme de mes lacunes,
Qui me tient loin de toi.
Fidèle et désespéré,
J'avance lentement à travers le rêve de t'embrasser,
Vivre une corruption des chairs,
Qui nous renverrait à l'amour...
Il y a encore de nombreux soirs à apparaître,
A rêver de caresser tes parfums,
A voir danser nos ombres...
Pour qu'un jour cette heure arrive...

Un rêve ?

Comme à chaque nuit,
Quand la chambre s'abîme dans le noir,
Mon esprit commence à valser dans une blancheur
Eblouissante, comme venu des murs.
Des ombres se dirigent vers moi.
Je ne peux plus bouger.
Chaque fois, je me dis, quel prodige bien étrange.
Regardant l'horloge,
Les aiguilles dansent aux heures du temps.
Ma chambre, hors des murs,
Se retrouvait dans une maison d'acier,
Dépouillée de toute identité, presque triste.
J'y suis habitué.
Mes yeux dans le vague contemplent l'infini,
Par les fenêtres.
Un ciel d'encre décoré d'étoiles,
Sous le rideau des abîmes sans fond.
Près de moi, de mystérieuses et fantastiques créatures.
Je n'ai pas le droit de les nommer.
Etais-je dans mon lit ?
Suis-je entré dans ma chambre ?
Comme à chaque fois,
Je n'avais dans mes souvenirs qu'un morceau de ma
nuit, pourtant, mes yeux restés ouverts n'ont retenu,
Que mes propos avec mes visiteurs du soir.

Comme à mon habitude,
Je me mis à dessiner dans mes carnets pleins de songes,
De rêves évanouis.
Quelques fois des frayeurs s'emparent de moi,
Et une voix, pour me rassurer,
Me pousse à tomber dans la scène de la nuit,
Où se mélange toutes les apparences prodigieuses des
Rêves impossibles,
Si bien, que je m'ordonne de fermer les lourds volets de
ma conscience, et de ma chambre,
En me demandant si c'était un rêve.

Voilà ce que je vois

Les uns se prennent pour d'autres,
D'autres se traînent dans l'ignorance ?
Et encensent toutes les bassesses.
J'y vois des hommes égarés,
Qui cherchent dans l'obscurité la lumière,
En espérant dans les cieux un messie,
Et personne dans la sagesse,
Pour arrêter les affaires de ce monde,
Nées de la folie de quelques familles,
Qui ont créé l'esclavage au cours des décennies,
Se reproduisant dans la paresse et l'abondance,
Perpétuant force et destruction des hommes nés égaux.
Les bourgeoisies ont inventé un rôle dans le théâtre de
L'humanité, où est joué leur pièce chaque jour,
Jusqu'au rideau rouge tombé, sans connaître la liberté.

« N'essayez pas de devenir un homme qui a du succès.
Essayez de devenir un homme qui a de la valeur ».
Albert Einstein

Voyage

La mer tourmente la terre,
Submerge les hommes d'émotion,
Embarque les esprits comme sur un bateau,
Et entraîne l'humanité au voyage.

Que viennent les ténèbres

Je suis désolé.
Je voudrais vous aider, sauver ce monde qui se perd de nouveau en s'empoisonnant l'esprit, construisant des barricades, se nourrissant des haines, sombrant dans les plus grandes misères..
"L'homme s'enferme dans le règne des machines et des dictateurs "
L'humain se perd dans une fausse intelligence qui le détruit et le rend esclave.
S'inventant des violences pour briser la fraternité entre les hommes à travers le monde.
L'humanité se désespère et se torture en érigeant les murs d'une prison qui devient son habitat à force d'écouter la voix des dictateurs qui vivent de pouvoir pris aux peuples.
Ils se sont offerts et vivent enchainés, condamnant ainsi la majorité de l'humanité à devenir des automates.
Esclaves pour une minorité qui dresse et tienne le monde entre leur main inhumaine, agrandissant leur royaume où ils sont seul dieu, ne vénérant que le pouvoir et l'argent...
Ils vous faudra détourner vos yeux des ténèbres, trouver la lumière sans attendre l'espoir d'un sauveur, car vous êtes ce sauveur.
Sachez que les dictateurs n'ont qu'un discours : celui de conquérir toute personne incapable d'être son propre maître.

Uchronie

Nous sommes piégés par les faiseurs d'histoires,
Des siècles de mensonges, d'illusions qui bercent l'esprit des peuples.
C'est une vraie réécriture de l'histoire par les grandes familles pour conserver leurs privilèges, tenir l'homme de la rue dans les croyances de sociétés équitables...

Nous sommes dans l'utopie des malheureux qui ignorent qui les condamnent à être asservis comme par le passé dans nos sociétés modernes.

Uchronie :
Récit d'événements fictifs à partir d'un point de départ historique.

Doit-on continuer à obéir à des responsables ?

« Notre capacité de douter, de critiquer et de désobéir est sans doute le seul moyen d'éviter la fin de la civilisation et d'assumer l'avenir de l'humanité. »

Erich FROMM

L'art du mensonge organisé

« Maintenez le peuple dans la dépendance et l'ignorance »

Leyasu TOKUGAWA
Fondateur d'une dynastie shogunale

L'information des journalistes

« L'opinion actuelle se maintient par la presse, la propagande et les moyens financiers mis à sa disposition »

Dr Albert SCHWEITZER

A quoi rêvent les robots ?

L'humain embrase l'horizon de ses technologies,
Avec elles s'ouvrent de grands mystères et s'enfoncent
dans des méandres qui condamnent notre humanité...
Dans cet univers vrombissent des machines qui sonnent les
dernières heures de l'homme.

<< ils seront les maitres de cette planète tôt ou tard. >>

Prophétie

« L'esprit humain doit prévaloir sur la technologie ».

Albert Einstein

La clé de nos origines

Un soir, j'ai fermé les yeux au-delà des cimes de la terre et j'ai vu leurs visages.
Ils nous regardent depuis d'innombrables siècles.
Leur silhouettes racontent la nôtre,
Dans les étoiles, le tunnel du temps parle de nous,
Qui étions-nous, par-delà, la nuit interminable...

Pour une Maman, Pour un Papa

En suivant la rive…
J'ai trouvé des mots qui n'étaient pas assez forts,
Des chemins pas assez larges,
Des paysages pas assez beaux.
Alors j'ai courbé la terre et je suis revenue vers vous,
pour vous dire je t'aime,
Car il n'y a rien de plus vivant.

« Vous m'avez donné vos heures et les poèmes de la paix ».

La vie est un mystère qu'il faut vivre, et non un problème à résoudre.

Gandhi

Remerciement à Cécile G pour les corrections et Gilles Potelle pour la mise en page.

Sur le seuil de la nuit,
Je médite en silence.
Plus de son, plus de bruit,
Le monde sombre dans l'innocence…

Gilles Potelle

(Extrait : METANOIA « Les métamorphoses livrets 1 &2 disponible sur Amazon)

Printed in Poland
by Amazon Fulfillment
Poland Sp. z o.o., Wrocław

87909173R00123